suhrkamp taschenbuch 1781

Howard Phillips Lovecraft wurde am 20. August 1890 in Providence, Rhode Island, geboren. Er führte das Leben eines Sonderlings, der den Kontakt mit der Außenwelt scheute und mit seinen Freunden und gleichgesinnten Autoren fast nur schriftlich verkehrte. Er starb am 15. März 1937, und sein hinterlassenes Werk ist nicht umfangreich. Zu seinen Lebzeiten erschien nur ein einziges Buch, *The Shadow over Innsmouth*. Etwa 40 Kurzgeschichten und 12 längere Erzählungen veröffentlichte er in Magazinen, vor allem in der Zeitschrift »Weird Tales« (Unheimliche Geschichten). Lovecrafts Ruhm als Meister des Makabren ist ständig gewachsen, und seine unheimlichen Geschichten wurden inzwischen in viele Sprachen übersetzt. In dem amerikanischen Verlag für phantastische Literatur, Arkham House, erschienen u. a. *The Outsider and Others* (1939), *Beyond the Wall of Sleep, The Dunwich Horror and Others* (1963), *Dagon and Other Macabre Tales* (1965). In deutscher Sprache liegen nunmehr alle seine Erzählungen und zahlreiche Essays bei Suhrkamp vor.

Der Flüsterer im Dunkeln ist eine Art schauerlicher Science-fiction; Wesen aus dem interstellaren Raum bemächtigen sich der Gehirne von Forschern zu dunklen Zwecken.

H. P. Lovecraft
Der Flüsterer im Dunkeln

Eine Horrorgeschichte

Deutsch von
Rudolf Hermstein

Phantastische Bibliothek
Band 259

Suhrkamp

Redaktion und Beratung: Franz Rottensteiner
Titel der Originalausgabe: *The Whisperer in Darkness.*
Popular Fiction. Publishing Company of Weird Tales, 1931
Umschlagzeichnung: Tom Breuer
Der Flüsterer im Dunkeln erschien erstmals in deutscher Sprache
innerhalb der *Bibliothek des Hauses Usher* im Insel Verlag 1970

suhrkamp taschenbuch 1781
Erste Auflage 1990

Satz: Gutfreund, Darmstadt
Druck: Ebner Ulm
Printed in Germany
Umschlag nach Entwürfen von
Willy Fleckhaus und Rolf Staudt

2 3 4 5 6 – 95 94 93 92

Der Flüsterer im Dunkeln

I

Zugegeben, ich habe bis zum Schluß nichts unmittelbar Schreckliches gesehen. Zu behaupten, ein seelischer Schock sei die Ursache meiner Schlußfolgerung gewesen – aus jener letzten Wahrnehmung, nach der ich aus dem einsamen Akeley-Haus floh und mitten in der Nacht in einem fremden Wagen durch die kuppelförmigen Berge von Vermont raste – hieße jedoch, offenkundige Tatsachen im Zusammenhang mit diesem letzten Erlebnis zu ignorieren. Trotz der geheimnisvollen Dinge, die ich sah und hörte, trotz des zugegebenermaßen lebhaften Eindrucks, den sie bei mir hinterließen, kann ich auch jetzt noch nicht beweisen, ob meine fürchterliche Schlußfolgerung berechtigt war oder nicht. Denn Akeleys Verschwinden beweist schließlich gar nichts. Die Leute stellten in dem Haus keine auffallenden Veränderungen fest, trotz der Kugelspuren drinnen und draußen. Es war, als hätte er nur mal eben einen Ausflug in die Berge gemacht und sei noch nicht zurückgekehrt. Nicht das geringste Anzeichen verriet, daß ein Gast dagewesen war oder daß diese schrecklichen Zylinder und Maschinen im Arbeitszimmer aufbewahrt worden waren. Daß er tödliche Angst vor den dichtgedrängten grünen Bergen und dem endlosen Gluckern der Bäche gehabt hatte, inmitten derer er geboren und aufgewachsen war, besagt auch nichts, denn Tausende leiden unter solchen krankhaften Angstzuständen. Und seine exzentrische Veranlagung kann ohne weiteres als Erklärung für seine sonderbaren Handlungen – und die damit zusammenhängenden Befürchtungen – dienen.

Die Sache begann, soweit es mich betrifft, mit den historischen Überschwemmungen in Vermont am 3. November 1927. Ich war damals, genau wie heute, Lehrbeauftragter für Literatur an der Miskatonic-Universität in Arkham, Massachusetts, und studierte nebenbei begeistert die Volkskunde von Neu-England. Kurz nach der Überschwemmung tauchten neben den zahlreichen Zeitungsberichten über die Notlage der Bevölkerung und die angeordneten Hilfsmaßnahmen auch Geschichten von sonderbaren Objekten auf, die man angeblich in den angeschwollenen Flüssen hatte treiben sehen; viele meiner Freunde wurden daraufhin neugierig, führten lange Gespräche und baten mich, aufgrund meiner Kenntnisse Licht in die Angelegenheit zu bringen. Ich fühlte mich geschmeichelt, weil man meine Volkskunde-Studien so ernst nahm, und erklärte so oft wie möglich, daß ich diesen abenteuerlichen, verworrenen Geschichten keine Bedeutung beimesse, da sie mir zu sehr nach Auswüchsen eines alten bäuerlichen Aberglaubens aussähen. Es belustigte mich, daß ich mehrere gebildete Leute traf, die darauf bestanden, irgendein Körnchen obskurer, verdrehter Wahrheit könne den Gerüchten ja doch zugrunde liegen.

Die Geschichten, von denen ich auf diese Weise erfuhr, standen größtenteils in den Zeitungen; eines der Schauermärchen entstammte allerdings einem mündlichen Bericht, den die Mutter eines meiner Freunde, die in Hardwick, Vermont, lebte, in einem Brief an ihn wiedergegeben hatte. Die beschriebenen Objekte waren in allen Fällen annähernd gleichartig, obwohl sie anscheinend bei mindestens drei verschiedenen Gelegenheiten beobachtet worden waren – im Winooski River in der Nähe von Montpelier, im West River in der Grafschaft Windham, jenseits von Newfane, und schließlich im Passumpsic in der Grafschaft Caledonia, oberhalb von Lyndonville. Natürlich wurden in vielen der verstreuten Berichte noch weitere Orte genannt, aber bei genauerer Untersuchung schien sich doch alles auf diese drei Fälle zu konzentrieren. In jedem Fall berichteten die Einheimischen, sie hätten eines oder auch mehrere unheimliche, verwirrende Objekte in den Wassermassen gesehen, die aus den unwegsamen Bergen zu Tal schossen, und man war fast überall geneigt, diese Beobachtungen mit einem primitiven, halbvergessenen Sagenkreis in Verbindung zu bringen, der bei dieser Gelegenheit von alten Leuten neu belebt wurde.

Was die Leute zu sehen glaubten, waren organische Gestalten, wie sie nie zuvor jemand gesehen hatte. Natürlich wurden in dieser tragischen Zeit auch viele menschliche Leichen in den Flüssen mitgeschwemmt; aber diejenigen, die diese seltsamen Gestalten beschrieben, waren ganz sicher, daß es sich dabei nicht um tote Menschen gehandelt hatte, trotz gewisser oberflächlicher Ähnlichkeiten in Größe und allgemeinem Aussehen. Und, so beteuerten die Augenzeugen, es seien auch keine Tiere gewesen, jedenfalls keine, wie sie in Vermont vorkommen. Sie seien rosa und etwa fünf Fuß lang, hätten krustenartige Körper mit zwei riesigen Rückenflossen oder membranartigen Flügeln und mehreren Paaren gelenkiger Gliedmaßen sowie ein ellipsenartig zusammengerolltes Gebilde, bedeckt von zahllosen, sehr kurzen Fühlern, an der Stelle, wo normalerweise ein Kopf hätte sein müssen. Es war wirklich auffallend, wie genau die Berichte aus verschiedenen Quellen übereinstimmten; allerdings war es nicht mehr ganz so erstaunlich, wenn man bedachte, daß die alten Sagen, die man sich früher im ganzen Bergland erzählt hatte, gruseliganschauliche Beschreibungen enthielten, die durchaus die Phantasie all dieser Gewährsleute angeregt haben konnten. Ich kam zu dem Schluß, daß die Augenzeugen – alles primitive, einfältige Hinterwäldler – die zerschundenen und aufgedunsenen Leichen von Menschen oder Haustieren in den reißenden Fluten gesehen hatten und daß sie an diesen erbarmungswürdigen Kreaturen Merkmale zu beobachten meinten, die ihnen in Wirklichkeit nur aus den Legenden dunkel vertraut waren.

Die alten Volkssagen – mochten sie noch so nebelhaft und schwer zu deuten und bei der jetzigen Generation noch so sehr in Vergessenheit geraten sein – waren in ihrer Art einmalig und offensichtlich beeinflußt von noch älteren Legenden der Indianer. Ich wußte gut darüber Bescheid, obwohl ich nie in Vermont gewesen war, weil ich die äußerst seltene Monographie von Eli Davenport gelesen hatte, die auf einem Material aufbaut, das vor 1839 aus mündlichen Erzählungen einiger der ältesten Leute dieses Staates gewonnen wurde. Dieses Material stimmte überdies weitgehend mit den Geschichten überein, die ich selbst von alten Bauern in den Bergen von New Hampshire gehört hatte. Kurz zusammengefaßt drehten sich diese Geschichten um eine verborgen lebende Rasse von Monstren, die sich irgendwo in den hintersten Bergen versteckten – in den tiefen Wäldern der höchsten Gipfel und den dunklen Tälern, in denen Flüsse aus unbekannten Quellen hervorsprudeln. Diese Wesen wurden nur selten gesehen, aber es gab Berichte über Anzeichen für ihre Existenz, von Leuten, die sich weiter als alle anderen auf bestimmte Berge hinaufgewagt hatten oder in jene, tiefe Schluchten eingedrungen waren, die sogar von Wölfen gemieden werden.

Es gab seltsame Abdrücke von Füßen oder Klauen im Schlamm der Bachufer und auf nicht bewachsenen Flekken und sonderbare Gruppen kreisförmig angeordneter Steine, in deren Umgebung kein Gras wuchs und die nicht von der Natur geformt und aufgestellt sein konnten. Auch gab es in den Felswänden Höhlen von rätselhafter Tiefe, deren Eingänge durch große Steinblöcke auf eine Art verschlossen waren, die man kaum als zufällig ansehen konnte: zu diesen Eingängen – und von ihnen weg – führten überdurchschnittlich viele Spuren – wenn die Richtung dieser Abdrücke überhaupt festzustellen war. Und am schlimmsten waren die Dinge, die abenteuerlustige Leute ganz selten im Zwielicht der hintersten Täler und dichten, steil abfallenden Wälder oberhalb der Grenze gesehen hatten, über die sich normalerweise kein Bergsteiger hinauswagte.

All das wäre weniger beunruhigend gewesen, hätten nicht die verstreuten Berichte so genau übereingestimmt. Tatsächlich hatten aber all diese Gerüchte mehrere Einzelheiten gemeinsam; einhellig wurde berichtet, diese Wesen sähen wie riesige, hellrote Krebse aus und hätten zahlreiche Beinpaare sowie zwei fledermausartige Schwingen in der Mitte des Rückens. Manchmal gingen sie auf allen Beinen, manchmal aber nur auf dem hintersten Paar, wobei sie dann die übrigen Beine dazu benutzten, große Gegenstände von undefinierbarem Aussehen herumzuschleppen. Einmal war eine beträchtliche Anzahl dieser Wesen beobachtet worden, und eine Gruppe von ihnen war durch einen seichten Wasserlauf im Wald gewatet, und zwar offensichtlich in disziplinierter Formation, denn es waren immer drei nebeneinander gegangen. Ein andermal hatte man ein Exemplar fliegen gesehen – es hatte sich in der Nacht von dem kahlen, einsamen Gipfel eines Berges erhoben und war am Himmel entschwunden, nachdem seine großen, flatternden Schwingen sich einen Augenblick lang als Silhouette vor dem vollen Mond abgezeichnet hatten.

Diese Wesen schienen im allgemeinen bereit, die Menschen in Frieden zu lassen; sie wurden jedoch von Zeit zu Zeit für das Verschwinden wagemutiger Einzelgänger verantwortlich gemacht – besonders solcher Leute, die zu nahe an bestimmten Tälern oder zu hoch auf bestimmten Bergen ein Haus gebaut hatten. Viele Gegenden kamen in den Ruf, für eine Ansiedlung ungeeignet zu sein, wobei dieses Gefühl auch weiterlebte, wenn der Grund dafür längst vergessen war. Zu manchen Felswänden der umstehenden Berge pflegten die Leute nur mit einem Schaudern aufzublicken, auch wenn sie nicht mehr wußten, wie viele Siedler verschwunden und wie viele Bauernhäuser eingeäschert worden waren auf den unteren Hängen dieser abweisenden, grünen Wächter.

Aber während in den frühesten Legenden diese Wesen offenbar nur dann einem Menschen etwas angetan hatten, wenn er in ihr Gebiet eingedrungen war, berichteten spätere Geschichten von ihrer Neugier gegenüber den Menschen und von ihren Versuchen, sich geheime Vorposten in der Welt der Menschen zu schaffen. Man erzählte sich von sonderbaren Klauenabdrücken, die am Morgen unter den Fenstern von Bauernhäusern gesehen worden waren, und gelegentlich auch von dem Verschwinden einer Person in einer Gegend außerhalb der bekanntermaßen heimgesuchten Gebiete. Weiterhin gab es Geschichten von summenden Stimmen, die in imitierter menschlicher Sprache einsamen Wanderern auf Straßen und Transportwegen in den tiefen Wäldern erstaunliche Angebote gemacht hatten, und von Kindern, die vor Schreck den Verstand verloren hatten, weil sie etwas Fürchterliches gesehen oder gehört hatten, dort wo gleich hinter dem Garten der Urwald anfängt. In der letzten Phase von Legenden – jener Phase, die dem Niedergang des Aberglaubens und dem Verzicht auf die unmittelbare Nachbarschaft zu den gefürchteten Gegenden vorausging – finden sich erschrockene Berichte über Einsiedler und Einödbauern, die an irgendeinem Punkt ihres Lebens eine abstoßende geistig-seelische Veränderung durchgemacht zu haben schienen, denen man aus dem Wege ging und von denen hinter vorgehaltener Hand erzählt wurde, sie hätten sich an irgendwelche seltsamen Wesen verkauft. In einer der nordöstlichen Grafschaften scheint es um 1800 Mode gewesen zu sein, verschrobene, unbeliebte Sonderlinge zu bezichtigen, sie seien Verbündete oder Beauftragte der verabscheuten Kreaturen.

Darüber, was das für Wesen waren, gingen die Meinungen natürlich auseinander. Der gebräuchliche Name für sie war »die anderen« oder »die Alten«, doch gab es auch andere Bezeichnungen, die aber nur lokale und zeitlich begrenzte Bedeutung erlangten. Die meisten der puritanischen Siedler sahen in ihnen wahrscheinlich schlichtweg Verwandte des Teufels und machten sie zur Grundlage ehrfurchtsvoller theologischer Spekulationen. Diejenigen, die von ihrer Abstammung her mit der keltischen Sagenwelt vertraut waren – hauptsächlich die schottisch-irischen Bewohner New Hampshires und ihre Landsleute, die sich im Zuge der Landzuweisungen des Gouverneurs Wentworth in Vermont angesiedelt hatten – brachten sie vage mit den bösen Feen und Kobolden ihrer Sümpfe und Hügelfestungen in Verbindung und schützten sich mit den Resten alter Beschwörungsformeln, die seit unvordenklichen Zeiten von Generation zu Generation weitergegeben wurden. Aber die Indianer hatten eine ganz besonders phantastische Theorie. Obwohl auch bei ihnen die Legenden von Stamm zu Stamm variierten, herrschte bemerkenswerte Übereinstimmung in gewissen entscheidenden Einzelheiten; so waren sie einhellig der Ansicht, daß die Kreaturen nicht von dieser Erde waren.

Die Mythen des Pennacook-Stammes, folgerichtiger und bildhafter als alle anderen, besagten, daß die Beflügelten vom Großen Bär am Himmel kämen und in unseren irdischen Bergen Minen hätten, aus denen sie sich eine bestimmte Gesteinsart holten, die auf keiner anderen Welt zu finden sei. Sie lebten nicht hier, so wollte es die Legende, sondern unterhielten nur Außenstellen und flögen mit ungeheueren Ladungen Gestein zurück zu ihren eigenen, nördlichen Sternen. Sie täten nur denjenigen Erdenmenschen etwas, die ihnen zu nahe kämen oder sie heimlich beobachteten. Tiere wichen ihnen mit instinktivem Abscheu aus und nicht etwa deshalb, weil sie von ihnen gejagt würden. Sie könnten sich nicht von irdischen Pflanzen und Tieren ernähren, sondern brachten ihr eigenes Essen von ihren Sternen mit. Es sei von Übel, ihnen nahezukommen, und manchmal seien junge Jäger, die in die von ihnen heimgesuchten Berge gegangen seien, nie mehr zurückgekehrt. Es sei auch nicht ratsam, sie zu belauschen, wenn sie des Nachts im Wald miteinander flüsterten, mit Stimmen, die dem Summen der Bienen ähnelten, aber wie menschliche Stimmen klingen sollten. Sie kennten die Sprache aller Menschen – der Pennacooks, der Huronen, der Menschen der Fünf Nationen – schienen aber selbst keine eigene Sprache zu besitzen oder zu brauchen. Sie sprächen mit ihren Köpfen, deren Farben sich je nachdem, was sie ausdrücken wollten, veränderten. Alle diese Legenden, die der Weißen wie auch die der Indianer, gerieten natürlich im neunzehnten Jahrhundert in Vergessenheit, abgesehen von einem gelegentlichen atavistischen Aufflackern. Die Bewohner Vermonts wurden seßhaft, und als erst einmal ihre Wege und Wohnungen nach einem bestimmten Plan festgelegt waren, erinnerten sie sich immer weniger daran, welche Ängste und Rücksichten diesen Plan beeinflußt hatten, ja sie vergaßen sogar, daß es überhaupt solche Ängste und Rücksichten gegeben hatte. Die meisten Leute wußten lediglich, daß bestimmte Gegenden in den Bergen als äußerst ungesund, unrentabel und allgemein ungünstig für eine Ansiedlung galten und daß man in aller Regel um so besser daran war, je weiter man sich von ihnen fernhielt. Mit der Zeit hatten sich die bequemen Geleise der Gewohnheit und des wirtschaftlichen Interesses so tief in den Boden der anerkannten Gegenden gegraben, daß man keine Veranlassung mehr hatte, woandershin zu ziehen, so daß die heimgesuchten Berggegenden mehr aus Zufall als aus Berechnung menschenleer blieben. Abgesehen von seltenen Schauergeschichten, die hier oder dort auftauchen mochten, erzählten nur noch wundergläubige Großmütter und zurückblickende

Neunzigjährige im Flüsterton von irgendwelchen Wesen, die angeblich in den Bergen wohnten; und sogar diese Flüsterer gaben zu, daß nicht mehr viel von diesen Wesen zu fürchten sei, da sie sich nun an das Vorhandensein von Häusern und Siedlungen gewöhnt hätten und die Menschen sie jetzt auf dem Territorium, daß sie sich ausgesucht hatten, ein für allemal in Ruhe ließen.

All dies wußte ich seit langem aus meiner Lektüre und aus Volkssagen, die ich in New Hampshire gehört hatte; als deshalb die Gerüchte während der Überschwemmung auftauchten, konnte ich mir gleich denken, welchen phantastischen Vorstellungen sie entsprungen waren. Ich machte mir große Mühe, dies meinen Freunden zu erklären, und war entsprechend amüsiert, als einige Querköpfe sich darauf versteiften, daß doch etwas Wahres an den Berichten sein könne. Sie führten an, daß die frühen Legenden bemerkenswert dauerhaft und gleichlautend gewesen seien und daß die tatsächlich noch unerforschte Natur der Vermonter Berge es unklug erscheinen ließe, eine apodiktische Meinung darüber zu verkünden, was in diesen Bergen wohne oder nicht wohne. Ich konnte sie auch nicht dadurch zum Schweigen bringen, daß ich ihnen versicherte, all diese Mythen folgten einem wohlbekannten Muster, das dem Großteil der Menschheit gemeinsam und von frühen Phasen in der Entwicklung der Vorstellungskraft bestimmt sei, die immer dieselbe Art von Einbildung hervorbringe.

Es war sinnlos, meinen Widersachern klarzumachen, daß diese Vermonter Legenden sich im wesentlichen kaum von jenen universellen Mythen der Naturvermenschlichung unterschieden, welche im Altertum die Welt mit Faunen und Dryaden bevölkert und im modernen Griechenland die *kallikanzarai* hervorgebracht hatten und denen Irland und das wilde Wales ihre düsteren Geschichten von sonderbaren, zwergenhaften, verborgenen Geschlechtern von Troglodyten und Unterweltbewohnern verdankten. Zwecklos war es auch, ihnen die noch auffälligere Ähnlichkeit zu den Mythen der nepalesischen Bergstämme vor Augen zu führen, die an den gefürchteten »Mi-Go« oder »Schneemenschen« glauben, der inmitten der Fels- und Eisspitzen der Himalaya-Gipfel sein fürchterliches Unwesen treibt. Sooft ich diesen Beweis anführte, drehten meine Widersacher den Spieß um und behaupteten, gerade dies deute darauf hin, daß die alten Sagen einen historisch wahren Kern haben müßten; gerade dies sei ein Anzeichen für die tatsächliche Existenz irgendeiner unbekannten älteren Rasse von Erdenbewohnern, die sich vor der aufkommenden Vorherrschaft der Menschen in Verstecke zurückziehen mußte und dort in kleinerer Zahl womöglich bis vor kurzem oder sogar bis in die heutige Zeit überlebt habe.

Je mehr ich über solche Theorien lachte, um so hartnäckiger wurden sie von meinen Freunden verteidigt; und sie fügten hinzu, daß auch ohne die überlieferten Legenden die jüngsten Berichte zu klar, logisch, detailliert und in der ganzen Diktion auf vernünftige Art prosaisch seien, um einfach ignoriert zu werden. Zwei oder drei Fanatiker gingen sogar so weit anzudeuten, daß etwas Wahres an den alten Geschichten der Indianer sein könnte, die den verborgenen Wesen eine außerirdische Herkunft zuschrieben, wobei sie die überspannten Bücher von Charles Fort zitierten, in denen die Behauptung aufgestellt wird, daß schon oft Lebewesen aus dem Weltraum die Erde besucht hätten. Die meisten meiner

Widersacher waren jedoch bloße Romantiker und wollten unbedingt die phantastischen Geschichten von den im Verborgenen lebenden Zwergen, die durch die hervorragenden Horrorgeschichten von Arthur Machen bekannt geworden sind, ins wirkliche Leben übertragen.

II

Wie unter den gegebenen Umständen nicht anders zu erwarten, schlug sich diese reizvolle Kontroverse schließlich auch in den Spalten der Presse nieder, und zwar in Form von Leserbriefen an den *Arkham Advertiser;* manche dieser Briefe wurden in den Zeitungen derjenigen Gegenden Vermonts nachgedruckt, von denen die Geschichten im Zusammenhang mit der Überschwemmung ausgegangen waren. Der *Rutland Herald* brachte eine halbe Seite mit Auszügen aus Briefen beider Seiten, während der *Brattleboro Reformer* einen meiner langen historisch-mythologischen Aufsätze ungekürzt abdruckte, mit einem begleitenden Kommentar des geistreichen Kolumnisten »Pendrifter«, der meine skeptische Haltung teilte und guthieß. Im Frühjahr 1928 war ich fast schon eine bekannte Persönlichkeit in Vermont, obwohl ich noch nie in diesem Staat gewesen war. Und dann kamen die herausfordernden Briefe des Henry Akeley, die mich so tief beeindruckten und mich zum ersten und letzten Mal in das faszinierende Reich der ungezählten grünen Schluchten und murmelnden Waldbäche brachten.

Das meiste, was ich über Henry Wentworth Akeley weiß, habe ich aus dem Briefwechsel mit seinen Nachbarn und seinem in Kalifornien lebenden, einzigen Sohn erfahren, und zwar nach meinem Erlebnis in seinem verlassenen Bauernhaus. Er war, so entdeckte ich, der letzte auf dem angestammten Grund und Boden lebende Vertreter eines alten, in der Gegend hochgeachteten Geschlechts von Juristen, Beamten und Gutsherren. In seiner Person war jedoch die Familientradition den praktischen Berufen untreu geworden und hatte sich der reinen Wissenschaft zugewandt; er war ein begabter Student der Mathematik, Astronomie, Biologie, Anthropologie und Volkskunde an der Universität von Vermont gewesen. Ich hatte nie zuvor von ihm gehört, und seine Mitteilungen enthielten kaum autobiographische Einzelheiten; aber von Anfang an sah ich, daß er ein Mann von Charakter, Bildung und scharfem Verstand war, wenn auch ein Sonderling, dem weltmännische Gewandtheit des Auftretens fehlte.

Wie phantastisch seine Behauptungen auch klangen, ich konnte nicht umhin, Akeley von Anfang an ernster zu nehmen, als ich es mit irgendeinem meiner anderen Herausforderer getan hatte. Denn zum einen hatte er die Phänomene, über die er seine so absurden Spekulationen anstellte, zum Greifen nahe – er konnte sie sehen und fühlen; und zum anderen war er in erstaunlichem Ausmaß bereit, seine Schlußfolgerungen wie ein echter Mann der Wissenschaft immer wieder in Frage zu stellen. Er hatte keine persönlichen Vorurteile und ließ sich nur von dem leiten, was er als eindeutigen Beweis gelten lassen konnte. Natürlich dachte ich zunächst, er irre sich, hielt ihm aber zugute, daß er in einem intelligenten Irrtum befangen war; und zu keinem Zeitpunkt stimmte ich mit seinen Freunden überein, die seine Ideen und seine Furcht vor den einsamen grünen Bergen seinem gestörten Geisteszustand zuschrieben. Ich erkannte, daß er ein äußerst fähiger Mann war und seine Berichte auf seltsamen Umständen beruhen mußten, die eine Untersuchung wert waren, wie wenig sie auch mit den phantastischen Ursachen zu tun haben mochten, auf die er seine

Beobachtungen zurückführte. Später erhielt ich von ihm Beweismaterial, das die Sache in ein etwas anderes, beunruhigend bizarres Licht rückte.

Ich könnte nichts Besseres tun, als so ausführlich wie möglich den Inhalt jenes Briefes wiederzugeben, mit dem Akeley sich bei mir einführte und der ein so wichtiger Meilenstein in meiner eigenen geistigen Entwicklung war. Ich besitze ihn nicht mehr, aber ich erinnere mich fast an jedes einzelne Wort seiner ungeheuerlichen Botschaft; und ich möchte nochmals versichern, daß ich von dem klaren Verstand dessen, der ihn schrieb, überzeugt bin. Hier ist der Text – ein Text, der in der verkrampften, altmodischen Schrift eines Menschen geschrieben war, der offensichtlich im Laufe seines seßhaften Gelehrtenlebens nicht viel unter die Leute gekommen war.

Albert N. Wilmarth, Esq.,	R.F.D.2,
118 Saltonstall St.,	Townshend,
Arkham, Mass.	Windham Co., Vermont
	5. Mai 1928

Sehr geehrter Herr!
Mit großem Interesse las ich im Brattleboro Reformer vom 23.4.28 den Nachdruck Ihres Briefes über die in der letzten Zeit aufgetauchten Geschichten von seltsamen Körpern, die man im vergangenen Herbst in unseren über die Ufer getretenen Flüssen treiben sah, und über die sonderbar anmutenden Volkssagen, mit denen diese Geschichten so erstaunlich genau übereinstimmen. Es ist nicht schwer zu erkennen, warum ein Nicht-Einheimischer wie Sie eine Meinung vertritt, wie Sie sie vertreten, und warum sogar der »Pendrifter« Ihnen zustimmt. Es ist dies der Standpunkt, der allgemein von

gebildeten Menschen diesseits und jenseits der Staatsgrenzen von Vermont bezogen wird, und es war auch mein Standpunkt, als ich ein junger Mann war (ich bin jetzt 57), bevor meine Studien, sowohl allgemeiner Art als auch anhand von Davenports Buch, mich veranlaßten, ein paar Nachforschungen in den Bergen der Umgebung anzustellen, die sonst nie von Menschen aufgesucht werden.

Zu diesen Studien hatten mich sonderbare alte Geschichten geführt, die mir ältere und recht ungebildete Bauern erzählt hatten, aber heute wäre es mir lieber, ich hätte mich nie auf diese Dinge eingelassen. Ich kann in aller Bescheidenheit von mir behaupten, daß das Gebiet der Anthropologie und der Volkskunde mir keineswegs fremd ist. Ich habe mich am College sehr eingehend damit befaßt und kenne fast alle anerkannten Autoritäten, wie zum Beispiel Tylor, Lubbock, Frazer, Quatrefages, Murray, Osborn, Keith, Boule, G. Elliott Smith und so weiter. Es ist für mich nichts Neues, daß Geschichten von geheimnisvollen Lebewesen so alt sind wie die Menschheit. Ich habe die Briefe von Ihnen und von anderen Leuten, die ebenfalls Ihrer Meinung sind, im *Rutland Herald* gelesen, und ich glaube zu wissen, an welchem Punkt Ihre Kontroverse im Augenblick angelangt ist.

So leid es mir tut, ich muß Ihnen jetzt sagen, daß Ihre Gegner der Wahrheit näherkommen als Sie, obwohl alle Vernunft auf Ihrer Seite zu sein scheint. Diese Leute kommen mit ihrer Meinung den Tatsachen näher, als sie selbst bemerken – denn sie stellen natürlich nur theoretische Überlegungen an und können nicht wissen, was ich weiß. Wüßte ich so wenig wie sie, ich würde mich nicht berechtigt fühlen, zu glauben, was sie glauben. Ich wäre ganz auf Ihrer Seite.

Sie werden bemerkt haben, daß es mir Schwierigkeiten macht, zur Sache zu kommen, wahrscheinlich weil ich wirklich Angst davor habe, zur Sache zu kommen; aber der springende Punkt ist, daß ich Beweise dafür habe, *daß tatsächlich irgendwelche Monstren in den Wäldern der hohen Berge leben, die nie von Menschen betreten werden*. Ich habe keines der Objekte gesehen, die angeblich in den Flüssen trieben, *aber ich habe ähnliche Gestalten gesehen,* unter so seltsamen Umständen, daß ich mich scheue, darüber zu berichten. Ich habe Fußspuren gesehen, und zwar so nahe an meinem Haus (ich wohne in dem alten Akeley-Haus südlich von Townshend Village, am Fuß des Dunklen Berges), daß ich es Ihnen lieber nicht im einzelnen schildern will. Und ich habe an bestimmten Stellen im Wald Stimmen gehört, die auf dem Papier zu beschreiben ich erst gar nicht versuchen möchte.

An einer Stelle hörte ich sie so oft, daß ich einmal einen Phonographen mitnahm – mit einem dazugehörigen Diktaphon und einer leeren Wachswalze – und ich werde Ihnen die Möglichkeit geben, die so entstandene Aufnahme anzuhören. Ich habe die Geräusche ein paar alten Leuten hier vorgespielt, und eine der Stimmen hat sie fast zu Tode erschreckt, denn sie glich jener Stimme (das Summen im Wald, das Davenport erwähnt), die ihre Großmütter ihnen beschrieben und für sie imitiert hatten. Ich weiß, was die meisten Leute von einem Mann halten, der angeblich »Stimmen gehört« hat, aber bevor Sie ein Urteil fällen, hören Sie sich erst einmal diese Aufnahme an und fragen Sie ein paar alte Hinterwäldler, was sie davon halten. Wenn Sie eine normale Erklärung dafür finden, soll es mir recht sein; aber irgend etwas muß dahinter stecken. *Ex nihilo nihil fit,* wie Sie wissen.

Nun, der Zweck meines Briefes ist nicht, mit Ihnen Streit anzufangen, sondern ich möchte Sie über Dinge informieren, die für einen Mann mit Ihren Neigungen hochinteressant sein müssen. *Das sage ich Ihnen privat. In der Öffentlichkeit bin ich auf Ihrer Seite,* denn bestimmte Beobachtungen ließen mich zu dem Schluß kommen, daß es für die Leute nicht gut ist, zu viel über diese Dinge zu wissen. Meine eigenen Studien betreibe ich jetzt völlig privat, und ich würde nie daran denken, etwas verlautbaren zu lassen, was die Neugier der Leute wecken und sie dazu bringen würde, die Orte aufzusuchen, die ich erforscht habe. Es ist wahr – nur allzu wahr – daß es *nichtmenschliche Wesen gibt, die uns ständig beobachten;* und es gibt unter uns Spione, die ihnen von uns berichten. Viele meiner Anhaltspunkte zur Aufdekkung dieses Geheimnisses habe ich von einem unglücklichen alten Mann bekommen, der – wenn er nicht verrückt war, was ich aber nicht glaube – einer dieser Spione gewesen ist. Er hat sich später umgebracht, aber ich habe Grund anzunehmen, daß es auch noch andere gibt.

Die Wesen kommen von anderen Planeten, können im interstellaren Raum leben und in ihm mit Hilfe plumper, kräftiger Schwingen umherfliegen; diese Flügel widerstehen dem Äther, taugen aber zu wenig zum Lenken, um ihnen auf der Erde weiterzuhelfen. Ich werde Ihnen später mehr davon erzählen, wenn Sie mich nicht jetzt schon als Verrückten abtun. Diese Wesen kommen hierher, um sich Metall aus Stollen zu holen, die tief in die

Berge hineingetrieben sind, *und ich glaube zu wissen, woher sie kommen.* Sie werden uns nichts tun, wenn wir sie in Ruhe lassen, aber niemand kann vorhersagen, was geschehen wird, wenn wir zu neugierig werden. Natürlich könnte man mit einem ordentlichen Aufgebot von Männern ihre Bergwerkskolonie zerstören. Das ist es, was sie befürchten. Wenn es aber geschähe, würden noch mehr dieser Wesen von draußen kommen – in unbegrenzter Anzahl. Sie könnten leicht die ganze Erde erobern, haben es aber bisher nicht versucht, weil es nicht nötig war. Es ist ihnen lieber, alles beim alten zu lassen und Scherereien zu vermeiden.

Ich glaube, sie wollen mich beseitigen, wegen der Dinge, die ich entdeckt habe. Es gibt einen schwarzen Stein mit halb abgewetzten, unbekannten Hieroglyphen, den ich in den Wäldern auf dem Runden Berg östlich von hier gefunden habe; und seit ich ihn mit nach Hause genommen habe, ist alles anders geworden. Wenn sie glauben, daß ich zuviel herausgefunden habe, werden sie mich entweder töten oder mich von der Erde wegbringen, dorthin, woher sie kommen. Sie holen sich ab und zu gerne einen gebildeten Menschen, um über den Stand der Dinge in der Welt der Menschen auf dem laufenden zu bleiben.

Das bringt mich zu dem zweiten Anlaß für meinen Brief – ich möchte Sie bitten, die Diskussion nicht weiter an die große Glocke zu hängen – *die Leute müssen von diesen Bergen ferngehalten werden,* und um dies zu erreichen, darf ihre Neugier nicht noch mehr angestachelt werden. Die Gefahr ist weiß Gott ohnehin schon groß genug, weil Reklameleute und Grundstücksmakler Vermont mit Scharen von Sommerurlaubern überschwemmen, die sich in der unberührten Natur breitmachen und die Berge mit billigen Bungalows übersäen.

Ich würde gerne weiterhin mit Ihnen in Verbindung bleiben und werde versuchen, Ihnen die Grammophon-Aufnahme und den schwarzen Stein (der so abgewetzt ist, daß auf einer Photographie nicht viel zu erkennen wäre) per Expreß zu schicken, wenn Sie einverstanden sind. Ich sage »versuchen«, denn ich glaube, diese Kreaturen haben hier in unserer Gegend Mittel und Wege gefunden, in bestimmte Vorgänge einzugreifen. Da gibt es einen verschlagenen, mürrischen Kerl namens Brown, auf einer Farm nahe beim Dorf, von dem ich annehme, daß er ihr Spion ist. Ganz allmählich versuchen sie, mich von meiner Welt abzuschneiden, weil ich zuviel über ihre Welt weiß.

Sie sind erstaunlich gut informiert über alles, was ich tue. Es kann sogar sein, daß Sie diesen Brief nicht bekommen. Ich glaube, ich werde diese Gegend verlassen und zu meinem Sohn nach San Diego, Cal., ziehen müssen, sollte sich die Lage noch verschlimmern, aber es ist nicht leicht, das Fleckchen Erde aufzugeben, auf dem man geboren wurde und auf dem die eigene Familie seit sechs Generationen gelebt hat. Überdies würde ich es kaum wagen, das Haus zu verkaufen, jetzt da diese Kreaturen darauf aufmerksam geworden sind. Es scheint, als versuchten sie, den schwarzen Stein zurückzubekommen und die phonographische Aufnahme zu vernichten, aber wenn es irgend geht, werde ich sie daran hindern. Bis jetzt halten sie immer noch meine großen Polizeihunde ab, denn es sind nur wenige von ihnen hier, und sie bewegen sich sehr ungeschickt. Wie schon erwähnt, taugen ihre Schwingen nicht viel für kurze

Flüge auf der Erde. Ich bin drauf und dran, die Inschrift auf diesem Stein zu entziffern – sie ist ungeheuerlich – und mit Ihrem Volkskundewissen könnten Sie vielleicht die fehlenden Stellen so weit ergänzen, daß mir damit geholfen wäre. Ich nehme an, Sie wissen alles über die schrecklichen Mythen aus der Zeit vor dem Erscheinen des Menschen auf der Erde – der Yog-Sothoth- und der Cthulhu-Zyklus – die im Necronomicon erwähnt werden. Ich hatte einmal Zugang zu einem Exemplar und höre, daß Sie eines in Ihrer College-Bibliothek unter Verschluß haben.

Um zum Schluß zu kommen, Mr. Wilmarth, ich glaube, wir können uns mit unseren Kenntnissen gegenseitig sehr viel nützen. Ich möchte Sie auf keinen Fall in Gefahr bringen und glaube, Sie darauf hinweisen zu müssen, daß der Besitz des Steines und der phonographischen Aufnahme nicht ganz ungefährlich sein wird; aber ich bin überzeugt, Sie werden im Interesse der Wissenschaft jedes Risiko auf sich nehmen. Ich würde nach Newfane oder Brattleboro hinunterfahren, um Ihnen zu schicken, was immer ich mit Ihrer Zustimmung schicken darf, denn die Expreßbüros in diesen Orten sind zuverlässiger. Ich möchte noch anführen, daß ich jetzt ganz allein lebe, weil ich keine bezahlten Hilfskräfte mehr im Haus halten kann. Sie wollen nicht bleiben, wegen der Gestalten, die nachts um das Haus schleichen, so daß unaufhörlich die Hunde bellen. Ich bin froh, daß ich mich mit diesen Dingen zu Lebzeiten meiner Frau noch nicht so intensiv beschäftigt habe, denn ich weiß, sie hätte darüber den Verstand verloren.

Ich hoffe, daß ich Sie nicht allzu sehr belästigt habe und daß Sie sich dazu entschließen werden, mit mir in

Verbindung zu treten, anstatt den Brief als das Geschreibsel eines Irrsinnigen in den Papierkorb zu werfen.

Ihr sehr ergebener
Henry W. Akeley

PS. Ich werde noch Abzüge von einigen von mir aufgenommenen Photographien machen lassen, von denen ich glaube, daß sie manche der von mir erwähnten Punkte beweisen können. Die alten Leute sind der Meinung, sie seien auf fürchterliche Weise echt. Wenn Sie interessiert sind, kann ich Ihnen diese Bilder schon bald schicken.

H.W.A.

Es wäre schwierig, die Gefühle zu beschreiben, die ich hatte, als ich dieses seltsame Dokument zum erstenmal gelesen hatte. Genaugenommen hätte ich über diese Phantasieprodukte lauter lachen müssen als über die bekannten, viel gemäßigteren Theorien, die bisher meine Heiterkeit erregt hatten; aber irgend etwas am Ton dieses Briefes veranlaßte mich, ihn ungewollt als ernsthaft anzusehen. Nicht daß ich auch nur einen Augenblick lang an die geheimnisvollen Sternenbewohner geglaubt hätte, von denen der Briefschreiber sprach; aber nach anfänglichen, schweren Zweifeln kam ich zu der merkwürdig festen Überzeugung, daß dieser Mann aufrichtig und bei klarem Verstand war und es mit irgendeinem realen, wenn auch einzigartigen und unnatürlichen Phänomen zu tun hatte, für das er keine andere als diese phantastische Erklärung finden konnte. Es konnte nicht so sein, so überlegte ich, wie er es sich vorstellte, aber auf alle Fälle würde sich eine Untersuchung lohnen. Der Mann schien übertrieben erregt und bestürzt, aber es war kaum anzunehmen, daß er keinerlei Grund dafür hatte. In mancher Hinsicht war er äußerst genau und logisch – schließlich und endlich fügte sich seine Gruselgeschichte so überraschend gut in die alten Mythen ein – sogar in die abenteuerlichsten Indianerlegenden. Daß er tatsächlich unheimliche Stimmen in den Bergen gehört und tatsächlich den Stein gefunden hatte, von dem er sprach, war durchaus möglich, trotz der verrückten Folgerungen, die er daraus zog – Folgerungen, die ihm wahrscheinlich von dem Mann suggeriert worden waren, der sich als Spion der fremden Wesen ausgegeben und sich dann später umgebracht hatte. Es lag auf der Hand, daß dieser Mensch völlig verrückt gewesen sein mußte, daß er sich aber eine Spur perverser, oberflächlicher Vernünftigkeit bewahrt hatte, die dem naiven Akeley – der durch seine Volkstumsforschungen für solche Dinge bereits empfänglich war – seine Erzählung glaubhaft machte. Was die jüngsten Ereignisse betraf, so schienen Akeleys einfachere, ländliche Nachbarn genauso überzeugt wie er, daß sein Haus bei Nacht von unheimlichen Wesen belagert wurde. Auch bellten die Hunde wirklich.

Und dann war da die Sache mit der phonographischen Aufnahme, von der ich nicht glauben konnte, daß er sie in der geschilderten Weise gemacht hatte. Es mußte irgendeine Erklärung dafür geben, ob es sich nun um täuschend menschenähnliche Tierstimmen gehandelt hatte oder um die Stimme eines im Verborgenen lebenden menschlichen Wesens, das auf die Stufe niederer Tiere herabgesunken war. Von da aus kehrten meine Gedanken wieder zurück zu dem schwarzen, mit Hieroglyphen bedeckten Stein und der Frage, was er wohl bedeuten mochte. Und was sollte ich außerdem von den Photographien halten, die Akeley mir zu schicken versprochen hatte und die den alten Leuten so unheimlich echt erschienen waren?

Als ich die verkrampfte Handschrift zum zweiten Mal las, fühlte ich deutlicher als je zuvor, daß meine leichtgläubigen Gegner vielleicht gar nicht so im Unrecht waren, wie ich immer behauptet hatte. Denn schließlich konnten ja tatsächlich irgendwelche sonderbaren und vielleicht mit erheblichen Mißbildungen belasteten, von der menschlichen Gesellschaft ausgestoßenen Wesen in jenen gefürchteten Bergen hausen – wenn auch nicht eine Rasse auf den Sternen geborener Monstren, wie es die Legende wollte. Und wenn das zutraf, so waren auch die Berichte von den in den Flüssen treibenden Körpern nicht mehr ganz so unglaubwürdig. War es wirklich so vermessen anzunehmen, daß dies der reale Hintergrund sowohl für die Legenden als auch für die Berichte der letzten Monate war? Aber sogar während dieser skeptischen Überlegungen schämte ich mich, daß eine so phantastische Bizarrerie wie Henry Akeleys erregter Brief meine Phantasie überhaupt in Gang gesetzt hatte. Schließlich beantwortete ich Akeleys Brief in einem freundlichen, interessierten Ton und bat ihn um weitere Einzelheiten. Seine Antwort traf beinahe postwendend ein und enthielt wie versprochen eine Reihe von Kodak-Bildern von Szenen und Objekten, die das illustrierten, was er zu sagen hatte. Als ich diese Bilder ansah, während ich sie aus dem Umschlag nahm, hatte ich ein sonderbares Gefühl der Angst und der Nähe zu verbotenen Dingen; denn obwohl die meisten ziemlich unscharf waren, hatten sie eine unfreundliche, suggestive Ausstrahlung, die noch durch die Tatsache verstärkt wurde, daß es echte Photographien waren – optische Verbindungsglieder zu den Objekten, die sie darstellten, und Produkte eines unpersönlichen Übertragungsvorgangs ohne Vorurteil, Fehlbarkeit oder Falschheit.

Je länger ich sie ansah, um so klarer wurde mir, daß ich Akeley und seine Geschichte nicht zu Unrecht ernst genommen hatte. Diese Photographien bewiesen unbestreitbar und schlüssig, daß es in den Bergen von Vermont etwas gab, das zumindest weit über die Grenzen normalen menschlichen Wissens und Glaubens hinausging. Das Schlimmste war der Fußabdruck – die Aufnahme war an einem sonnenbeschienenen Schlammloch irgendwo auf einer einsamen Hochebene gemacht worden. Daß dies keine billige Fälschung war, konnte ich auf den ersten Blick erkennen; denn die scharf abgebildeten Kieselsteine und Grashalme, die im Blickfeld lagen, waren ein guter Anhaltspunkt für den Abbildungsmaßstab und schlossen die Möglichkeit einer Doppelbelichtung aus. Ich habe das Ding einen »Fußabdruck« genannt, aber »Klauenabdruck« wäre treffender. Selbst jetzt kann ich ihn nicht richtig beschreiben, sondern nur sagen, daß er sonderbar krabbenartig aussah und man seine Richtung nicht genau bestimmen konnte. Es war kein besonders großer oder frischer Abdruck, sondern er schien ungefähr die Größe eines normalen Männerfußes zu haben. In der Mitte war ein Ballen, von dem gezähnte, einander gegenüberliegende Scherenpaare ausgingen – man konnte sich die Funktion dieses Körperteils nicht recht vorstellen, sofern er überhaupt ausschließlich zur Fortbewegung gedacht war.

Eine andere Photographie – offensichtlich eine Zeitbelichtung in tiefem Schatten – zeigte die Öffnung einer Waldhöhle, die von einem regelmäßig abgerundeten Felsen versperrt war. Auf dem kahlen Boden davor konnte man gerade noch ein dichtes Gewirr von seltsamen Spuren wahrnehmen, und als ich das Bild unter einem Vergrößerungsglas betrachtete, hatte ich das beunruhigende Gefühl, daß diese Spuren dem Abdruck auf dem anderen Bild glichen. Ein drittes Bild zeigte einen druidenartigen Ring von aufgestellten Steinen auf dem Gipfel eines unwegsamen Berges. Rings um den geheimnisträchtigen Kreis war das Gras sehr stark niedergetrampelt und von kahlen Flecken durchsetzt, aber ich konnte auch mit Hilfe der Lupe keinerlei Fußspuren erkennen. Wie ungeheuer einsam der Ort war, konnte man daraus ersehen, daß sich im Hintergrund ein wahres Meer unbewohnter Berggipfel bis zu dem dunstigen Horizont erstreckte.

Aber während die beunruhigendste Aufnahme die von dem Fußabdruck war, war die merkwürdigste und suggestivste diejenige, auf der der große schwarze Stein zu sehen war, den Akeley in den Wäldern des »Runden Berges« gefunden hatte. Er hatte ihn anscheinend auf seinem Arbeitstisch photographiert, denn im Hintergrund sah ich eine Reihe Bücher und eine Büste von Milton. Das Ding hatte, soweit man das beurteilen konnte, mit einer etwas unregelmäßig gewölbten Oberfläche von ungefähr ein mal zwei Fuß senkrecht zur Kamera gestanden; aber irgend etwas Genaues über diese Oberfläche oder über die allgemeine Form dieses Gebildes sagen zu wollen, hieße, die Möglichkeiten der Sprache zu überschätzen. Nach welchen fremdartigen geometrischen Prinzipien es geformt war – und es war mit Sicherheit künstlich geformt –, konnte ich auch nicht annähernd feststellen; nie zuvor hatte ich etwas gesehen, das mir auf so seltsame und eindeutige Weise als nicht zu dieser Welt gehörig erschienen wäre. Von den Hieroglyphen auf der Oberfläche konnte ich kaum welche erkennen, aber die wenigen, die ich entzifferte, erschreckten mich. Natürlich konnten sie nachgemacht sein, denn außer mir hatten auch noch andere das monströse, abscheuliche *Necronomicon* des wahnsinnigen Arabers Abdul Alhazred gelesen; dennoch schauderte ich, als ich bestimmte Ideogramme erkannte, die ich seit meinem Studium mit dem haarsträubendsten und gotteslästerlichsten Schattenwesen in Verbindung brachte, das in einer Art wahnsinniger Halb-Existenz dahingedämmert hatte, bevor die Erde und die anderen inneren Welten des Sonnensystems geschaffen worden waren.

Drei der übrigen fünf Bilder zeigten Ausschnitte aus sumpfigen und bergigen Gegenden, auf denen man Spuren unheimlicher, unnatürlicher Bewohner zu erkennen glaubte. Auf einem anderen Bild war ein merkwürdiger Abdruck in der Erde ganz nahe bei Akeleys Haus zu sehen, den er angeblich am Morgen nach einer Nacht photographiert hatte, in der die Hunde heftiger als sonst gebellt hatten. Der Abdruck war nur sehr schwach zu erkennen, und man konnte wirklich keine genauen Schlüsse daraus ziehen; trotzdem sah er auf teuflische Weise jenem Klauenabdruck ähnlich, den Akeley auf dem einsamen Hochland photographiert hatte. Das letzte Bild zeigte Akeleys Anwesen selbst, ein schmuckes weißes Haus mit zwei Stockwerken und einem Dachgeschoß, etwa hundertzwanzig Jahre alt, mit einem gepflegten Garten und einem mit Steinen eingesäumten

Weg, der zu einem geschmackvoll gemeißelten georgianischen Portal führte. Auf dem Rasen sah man mehrere riesige Polizeihunde um einen sympathisch aussehenden Mann mit knapp gestutztem, grauem Bart herumhokken; das war wohl Akeley selbst, und der kleine, mit einem Schlauch verbundene Gummiballon in seiner Hand deutete darauf hin, daß er die Aufnahme selbst gemacht hatte.

Nach den Bildern wandte ich mich dem umfangreichen, eng beschriebenen Brief zu; und für die nächsten drei Stunden versank ich in einem Abgrund unsagbaren Grauens. Wo Akeley zunächst nur Andeutungen gemacht hatte, lieferte er jetzt minuziöse Einzelheiten; der Brief enthielt die umfangreiche Wiedergabe von Worten, die er nachts im Walde mit angehört hatte, lange Berichte über monströse, rosafarbene Gestalten, die er im Zwielicht im dichten Gebüsch erspäht hatte, und eine fürchterliche, kosmische Erzählung, die aus der Synthese gründlicher und vielseitiger wissenschaftlicher Kenntnisse mit den endlosen Gesprächen mit dem verrückten selbsternannten Spion, der sich dann umgebracht hatte, entstanden waren. Ich fand mich Namen und Begriffen gegenübergestellt, die ich bereits früher in schauderhaftesten Zusammenhängen kennengelernt hatte – Yuggoth, Großer Cthulhu, Tsathoggua, Yog-Sothoth, R'lyeh, Nyarlathotep, Azathoth, Hastur, Yian, Leng, der See von Hali, Bethmoora, das Gelbe Zeichen, L'mur-Kathulos, Bran und das Magnum Innominandum – und wurde durch namenlose Äonen und unermeßliche Dimensionen in Welten von älterer, weit entfernter Existenz zurückversetzt, von denen der verrückte Verfasser des *Necronomicon* nur eine ganz vage Ahnung gehabt hatte.

Ich las von den Höhlen des Urlebens und den Wassern, die aus ihnen gesickert waren; und schließlich von dem winzigen Seitenbächlein eines dieser Flüsse, das in die Geschicke unserer eigenen Erde verstrickt worden war.

Meine Gedanken überschlugen sich, und wo ich früher versucht hatte, die Dinge wegzudiskutieren, begann ich jetzt, an die abnormsten und unglaublichsten Wunderdinge zu glauben. Das Aufgebot an grundlegendem Beweismaterial war überwältigend; und die kühle, wissenschaftliche Haltung von Akeley – eine Haltung, die so weit als irgend denkbar von Wahnsinn, Fanatismus, Hysterie oder gar ausschweifender Spekulation entfernt war – hinterließ einen gewaltigen Eindruck auf mein Denken und mein Urteilsvermögen. Als ich den fürchterlichen Brief beiseite legte, verstand ich die Befürchtungen, die er hegte, und war bereit, alles in meiner Macht Stehende zu tun, um die Menschen von diesen wilden, heimgesuchten Bergen zurückzuhalten. Sogar heute – obgleich die Zeit die Eindrücke verwischt hat, so daß ich meine eigenen Erfahrungen und fürchterlichen Zweifel selbst mehr oder weniger in Frage stelle – sogar heute gibt es noch Dinge in Akeleys Brief, die ich niemals zitieren oder gar zu Papier bringen würde. Ich bin beinahe froh, daß der Brief, die phonographische Aufnahme und die Photos verschwunden sind – und ich wünschte, aus Gründen, die ich bald erläutern werde, daß der neue Planet hinter Neptun nie entdeckt worden wäre.

Nachdem ich diesen Brief gelesen hatte, zog ich mich sofort und endgültig aus der öffentlichen Diskussion über die Monstren von Vermont zurück. Diskussionsgegner, die neue Argumente vorbrachten, erhielten keine oder eine vertröstende Antwort von mir, und schließlich geriet die ganze Kontroverse in Vergessenheit. Ende Mai und den ganzen Juni führte ich einen regen Briefwechsel mit Akeley, obgleich hin und wieder ein Brief verlorenging und wir dann unser Gespräch zurückverfolgen und mühevoll Kopien anfertigen mußten. Als Ganzes gesehen, war es unser Ziel, unsere Aufzeichnungen auf dem Gebiet unbekannter Mythologie zu vergleichen und mehr Licht in die Wechselbeziehung zwischen den Schauergeschichten von Vermont und den wichtigsten Mythen der Welt zu bringen.

So kamen wir schon bald zu dem Schluß, daß diese unheimlichen Wesen und der teuflische Mi-Go aus dem Himalaya zu ein und derselben Sorte verkörperter Angstvorstellungen gehörten. Wir stießen auch auf äußerst interessante zoologische Zusammenhänge, über die ich gerne Professor Dexter an meinem eigenen College informiert hätte, wenn dem nicht Akeleys strikte Anweisung entgegengestanden hätte, niemandem etwas von unseren Untersuchungen zu sagen. Wenn ich diese Anweisung jetzt anscheinend nicht mehr beachte, so nur deshalb, weil ich glaube, daß bei diesem Stand der Dinge durch eine Warnung vor jenen einsamen Bergen in Vermont – und vor jenen Himalaya-Gipfeln, die zu ersteigen kühne Forscher mehr und mehr entschlossen sind – der Öffentlichkeit mehr gedient ist, als wenn ich weiter mein Schweigen bewahre. Ein besonderes Ziel, auf das wir hinarbeiteten, war die Entzifferung der Hieroglyphen auf jenem mysteriösen schwarzen Stein – eine Entzifferung, die uns durchaus in den Besitz von Geheimnissen bringen konnte, die tiefer und verwirrender sein würden als alles, was dem Menschen bis dahin bekannt war.

III

Gegen Ende Juni traf die phonographische Aufnahme ein – aufgegeben in Brattleboro, weil Akeley sich nicht auf die Zweigstelle im Norden verlassen wollte. Er fühlte sich seit einiger Zeit immer stärker beobachtet, worin er noch durch das Verschwinden einiger unserer Briefe bestärkt wurde; und er sprach viel von den hinterhältigen Machenschaften gewisser Männer, in denen er Spione und Verbündete der unheimlichen Wesen sah. Am stärksten von allen verdächtigte er den mürrischen Farmer Walter Brown, der alleine auf einem heruntergekommenen Berghof am Rande tiefer Wälder wohnte und den man oft an allen möglichen Ecken in Brattleboro, Bellows Falls, Newfane und South Londonderry scheinbar ohne besonderen Grund herumlungern sah. Browns Stimme, dessen war er sicher, gehörte zu jenen, die er einmal bei einem schrecklichen Gespräch belauscht hatte; und er hatte einmal in der Nähe von Browns Haus einen Fuß- oder Klauenabdruck gesehen, der von ominösester Bedeutung sein konnte. Er war merkwürdig dicht neben Browns eigenen Fußspuren gewesen, Fußspuren, die auf diesen Abdruck ausgerichtet waren.

So wurde also die Aufnahme von Brattleboro aus abgeschickt, wohin Akeley in seinem Ford auf einsamen Vermonter Nebenstraßen gefahren war. In einer beigelegten Notiz gestand er, daß er sich allmählich vor diesen Straßen zu fürchten begann und auch nur noch am hellichten Tag nach Townshend zum Einkaufen ging. Es zahle sich nicht aus, das sagte er immer wieder, wenn man zuviel wisse, es sei denn, man wohne sehr weit entfernt von diesen einsamen, rätselhaften Bergen. Er würde bald zu seinem Sohn nach Kalifornien ziehen, obwohl es ihm schwerfalle, den Ort zu verlassen, an den er sich durch alle seine eigenen Erinnerungen und die Ehrfurcht gegenüber seinen Vorfahren gebunden fühle.

Bevor ich versuchte, die Phonographenwalze auf einem Apparat abzuspielen, den ich mir im Verwaltungsgebäude des Colleges ausgeliehen hatte, sichtete ich das ganze erklärende Material in Akeleys verschiedenen Briefen. Die Aufnahme, so hatte er mir geschrieben, war ungefähr um 1 Uhr nachts am 1. Mai 1915 gemacht worden, in der Nähe des verschlossenen Eingangs einer Höhle, dort wo der bewaldete Westabhang des Dunklen Berges aus dem Sumpf von Lee aufsteigt. Diese Stelle sei schon immer für unheimliche Stimmen berüchtigt gewesen, was auch der Grund dafür gewesen sei, daß er in der Hoffnung auf Resultate den Phonographen, das Diktaphon und die leere Walze dorthin mitgenommen habe. Frühere Erfahrungen hätten ihn gelehrt, daß der Vorabend des Ersten Mai – die Nacht des fürchterlichen Hexensabbats in den europäischen Geheimlehren – wahrscheinlich ergiebiger sein würde als irgendein anderes Datum, und er sei nicht enttäuscht worden. Es sei jedoch bemerkenswert, daß er an dieser bestimmten Stelle nie wieder Stimmen gehört habe.

Anders als bei den meisten der belauschten Waldstimmen hatten die Worte dieser Aufnahme einen gleichsam rituellen Charakter, und es war eine eindeutig menschliche Stimme dabei, die Akeley jedoch nicht einordnen konnte. Es war nicht die Stimme von Brown, sondern sie schien einem Mann von höherer Bildung zu gehören.

Das eigentliche Problem war jedoch die zweite Stimme – denn das war jenes unheimliche Summen, das nichts Menschliches an sich hatte, trotz der menschlichen Worte, die es in grammatisch richtigem Englisch mit einem gelehrten Akzent hervorbrachte.

Die Aufnahme-Apparatur hatte nicht gleichmäßig gut funktioniert; überdies waren natürlich die Voraussetzungen überhaupt recht ungünstig gewesen, wenn man bedenkt, daß das belauschte Ritual sich mit gedämpfter Lautstärke und in ziemlicher Entfernung vollzogen hatte; die tatsächlich konservierte Sprache war deshalb sehr bruchstückhaft. Akeley hatte mir eine Aufzeichnung der Worte, so wie er sie verstanden hatte, geschickt, die ich noch einmal durchsah, während ich den Apparat zum Abspielen fertigmachte. Der Text war eher undeutlich geheimnisvoll als unverhohlen schrecklich, obwohl das Wissen um seine Herkunft und die Umstände, unter denen er festgehalten worden war, ihn mit all dem ahnungsvollen Schrecken erfüllten, den Worte überhaupt verbreiten können. Ich gebe ihn hier aus der Erinnerung vollständig wieder – und ich bin ziemlich sicher, daß ich ihn einigermaßen genau auswendig kenne, nicht nur vom Lesen des Manuskripts, sondern auch, weil ich die Aufnahme selbst immer und immer wieder abgespielt habe. So etwas vergißt man nicht so leicht!

(Undefinierbare Geräusche)

(Eine kultivierte männliche Menschenstimme)

...ist der Herrscher des Waldes, sogar zu... und die Gaben der Menschen von Leng... also von den Quellen der Nacht bis zu den Abgründen des Raumes, und von den Abgründen des Raumes bis zu den Quellen der

Nacht, auf ewig die Lobpreisung des Großen Cthulhu, des Tsathoggua, und von Ihm, dessen Name nie genannt sein soll. Auf ewig Ihre Lobpreisung, und Überfluß der Schwarzen Ziege der Wälder. Iä! Schab-Niggurath! Die Ziege mit den tausend Jungen!

(Eine summende Imitation menschlicher Sprache)

Iä! Schab-Niggurath! Die Schwarze Ziege der Wälder mit den tausend Jungen!

(Menschliche Stimme)

Und es geschah, daß der Herrscher der Wälder, der ... sieben und neun, die Onyxstufen hinab ... (Tri)but Ihm in dem Abgrund, Azathoth, Ihm, von dem Ihr uns Wunder gelehrt ha(bt) ... auf den Schwingen der Nacht über den Raum hinaus, über d ... zu Dem, dessen jüngstes Kind Yuggoth ist, einsam rollend am Rande des Schwarzen Äthers ...

(Summende Stimme)

... gehe hinaus unter die Menschen und finde ihre Wege, damit Er in dem Abgrund es wisse. Nyarlathotep, dem Mächtigen Boten, müssen alle Dinge gesagt werden. Und Er wird sich bekleiden mit der Gestalt der Menschen, der wächsernen Maske und dem Gewand, das verbirgt, und herabkommen aus der Welt der Sieben Sonnen, um Spott ...

(Menschliche Stimme)

... (Nyarl)athotep, Großer Bote, der du Yuggoth große Freude bringst durch die Leere, Vater der Millionen Bevorzugter, Einherschreitender unter ...

(Ende der Aufnahme)

Das waren die Worte, die ich hören sollte, als ich den Phonographen in Tätigkeit setzte. Widerstrebend und mit einem Anflug wirklicher Angst drückte ich den

Hebel und hörte das einleitende Kratzen der Saphirnadel, und ich war froh, daß die ersten, bruchstückhaften Worte mit menschlicher Stimme gesprochen wurden – einer weichen, kultivierten Stimme, die einen leichten Boston-Akzent hatte und sicher nicht einem Einheimischen aus den Vermonter Bergen gehörte. Während ich der ärgerlich schwach vernehmlichen Wiedergabe lauschte, schien mir, daß die Worte mit denen in Akeleys sorgfältig erarbeiteter Aufzeichnung übereinstimmten. Unbeirrbar tönte es in jener weichen, singenden Bostoner Sprache ... »Iä! Schab-Niggurath! Die Ziege mit den tausend Jungen! ...«

Und dann hörte ich *die andere Stimme.* Noch heute schaudere ich nachträglich, wenn ich daran denke, was für einen Schlag sie mir versetzte, obwohl ich durch Akeleys Berichte vorbereitet war. Alle, denen ich seitdem die Aufnahme beschrieben habe, gestanden, sie sähen darin nichts anderes als einen billigen Schwindel oder schieren Wahnsinn; aber hätten sie diese Ungeheuerlichkeit selbst gehört, oder Akeleys zahlreiche Briefe gelesen (besonders jenen furchtbaren, enzyklopädischen zweiten Bericht), ich bin überzeugt, sie würden anders denken. Wenn ich es recht überlege, ist es doch ein Jammer, daß ich nicht entgegen Akeleys Verbot die Aufnahme auch anderen Leuten vorgespielt habe – ein Jammer auch, daß all seine Briefe verlorengegangen sind. Für mich, der ich die Geräusche selbst unmittelbar hören konnte und ihren Hintergrund und die Nebenumstände kannte, war die Stimme eine monströse Ungeheuerlichkeit. Sie folgte der menschlichen Stimme schnell als rituelle Antwort, aber in meiner Vorstellung war sie ein übernatürliches Echo, das von unvorstellbaren äußeren

Höllen durch unvorstellbare Abgründe sich fortpflanzend die Erde erreicht hatte. Es ist jetzt mehr als zwei Jahre her, daß ich diesen Wachszylinder zum letzten Mal abgespielt habe. Aber in diesem Augenblick, und in jedem anderen Augenblick, kann ich noch immer jenes schwache, unnatürliche Summen hören, wie es das erstemal mein Ohr erreichte.

»Iä! Schab-Niggurath! Die Schwarze Ziege der Wälder mit den tausend Jungen!«

Aber obwohl mir diese Stimme ständig in den Ohren klingt, ist es mir bis heute nicht gelungen, sie so zu analysieren, daß ich sie anschaulich beschreiben könnte. Sie glich dem Gebrumm irgendeines widerwärtigen, gigantischen Insekts, das sich schwerfällig der Sprache einer fremden Gattung angepaßt hat, und ich bin völlig sicher, daß die Organe, die es hervorbrachten, keine Ähnlichkeit mit den Stimmbändern des Menschen hatten, ja nicht einmal denen irgendeines der Säugetiere. Stimmlage, Färbung und Obertöne wiesen einzigartige Merkmale auf, die das Phänomen eindeutig in Sphären außerhalb des menschlichen und irdischen Lebens verwiesen. Das unverhoffte Einsetzen dieser Stimme hätte mich jenes erste Mal beinahe betäubt, und ich hörte den Rest der Aufnahme nur in einer Art abstrakter Benommenheit. Als der längere mit dieser summenden Stimme gesprochene Abschnitt kam, bemerkte ich eine deutliche Verstärkung dieses Gefühls gotteslästerlicher Unendlichkeit, das mich schon bei der kürzeren ersten Passage ergriffen hatte. Schließlich brach die Aufnahme unvermittelt ab, als die menschliche Stimme mit dem Boston-Akzent gerade ungewöhnlich gut zu verstehen war; aber ich saß noch lange da, nachdem der Apparat sich automatisch abgeschaltet hatte, und starrte benommen vor mich hin.

Ich brauche wohl kaum zu sagen, daß ich diese erschreckende Aufnahme noch oft abspielte und ihren Inhalt gründlich zu analysieren und zu interpretieren versuchte, indem ich meine Aufzeichnungen mit denen Akeleys verglich. Es wäre ebenso unnütz wie verwirrend, wollte ich hier alle Schlußfolgerungen wiedergeben, zu denen wir dabei kamen; immerhin möchte ich andeuten, daß wir übereinstimmend glaubten, den Ursprung einiger der abscheulichsten primitiven Riten kryptischer Frühreligionen der Menschheit enträtselt zu haben. Auch schien es uns klar, daß es seit Urzeiten enge Beziehungen zwischen den geheimnisvollen Wesen aus anderen Welten und bestimmten Angehörigen der menschlichen Rasse gegeben haben mußte. Wie verbreitet diese Beziehungen gewesen waren und wie sich ihr heutiger Stand zu dem Stand in früheren Zeitaltern verhalten mochte, dafür hatten wir keinerlei Anhaltspunkte; bestenfalls konnten wir hierüber endlose, grauenerregende Spekulationen anstellen. Wie es schien, gab es zwischen dem Menschen und der namenlosen Unendlichkeit eine uralte Verkettung mit ganz bestimmten Entwicklungsabschnitten. Die gotteslästerlichen Schreckgestalten, die auf der Erde in Erscheinung traten, kamen, so ahnten wir, von dem düsteren Planeten Yuggoth am Rande des Sonnensystems; aber dieser war selbst nur der dichtbesiedelte Vorposten einer schrecklichen interstellaren Rasse, deren eigentlicher Ursprung sogar weit außerhalb des Einsteinschen Raum-Zeit-Kontinuums, des größten bekannten Kosmos, liegen mußte.

Währenddessen berieten wir weiter über den schwarzen Stein und darüber, wie er am besten nach Arkham gebracht werden konnte – denn Akeley hielt es nicht für ratsam, daß ich ihn am Schauplatz seiner alptraumhaften Studien besuchte. Aus irgendwelchen Gründen hatte Akeley Angst davor, das Objekt auf einem der normalen, wahrscheinlichen Versandwege zu befördern. Schließlich kam er auf die Idee, den Stein auf Umwegen selbst nach Bellows Falls zu bringen und ihn durch das Boston-und-Main-System über Keene, Winchendon und Fitchburg transportieren zu lassen, obwohl er zu diesem Zweck Straßen befahren mußte, die einsamer waren und öfter durch Wälder führten als die Hauptstraße nach Brattleboro. Er sagte, er habe in der Nähe des Expreßbüros in Brattleboro, als er die Phonographenwalze aufgab, einen Mann bemerkt, dessen Betragen und Aussehen alles andere als vertrauenerweckend gewesen seien. Der Mann habe sich zu auffällig bemüht, mit den Angestellten zu sprechen, und sei in den Zug eingestiegen, mit dem die Aufnahme befördert worden war. Akeley gestand, er habe wegen der Aufnahme kein gutes Gefühl gehabt, bis er von mir gehört habe, daß sie wohlbehalten eingetroffen war.

Ungefähr zu dieser Zeit ging wieder einer meiner Briefe verloren, wie ich aus einer aufgeregten Mitteilung Akeleys erfuhr. Von da an trug er mir auf, ihm nicht mehr nach Townshend zu schreiben, sondern alle Sendungen postlagernd an das Hauptpostamt in Brattleboro zu adressieren, wo er dann öfters hinfahren würde, entweder mit seinem eigenen Wagen oder mit dem Omnibus, der seit einiger Zeit die langsame Nebenstrekken-Eisenbahn abgelöst hatte. Ich bemerkte, daß er immer ängstlicher wurde, denn er berichtete in allen Einzelheiten über verstärktes Hundegebell in mondlosen Nächten und über die frischen Klauenspuren, die er manchmal gegen Morgen auf der Straße und in der feuchten Erde in seinem Hof fand. Einmal erzählte er von einem regelrechten Heer solcher Abdrücke, die alle auf einer Linie gelegen hätten, und ihnen gegenüber eine ebenso dichte und entschlossene Reihe von Hundespuren; als Beweis schickte er mir eine äußerst beunruhigende Photographie. Das war nach einer Nacht gewesen, in der die Hunde gebellt und geheult hatten wie nie zuvor.

Am Morgen des 18. Juli, eines Mittwochs, erhielt ich ein Telegramm aus Bellows Falls, in dem mir Akeley mitteilte, er schicke mir den schwarzen Stein über B. & M., mit dem Zug Nr. 5508, Abfahrt in Bellows Falls um 12 Uhr 15 Standardzeit, Ankunft in Boston um 16 Uhr 12. Er hätte also, so rechnete ich mir aus, spätestens gegen Mittag des folgenden Tages in Arkham eintreffen müssen; demgemäß blieb ich den ganzen Donnerstagvormittag zu Hause, um ihn in Empfang nehmen zu können. Aber es wurde Mittag und Nachmittag, ohne daß er angekommen wäre, und als ich das Expreßbüro anrief, sagte man mir, für mich sei keine Sendung eingetroffen. Als nächstes führte ich, jetzt schon mit wachsender Beunruhigung, ein Ferngespräch mit der Exportgutabfertigung im Bostoner Nordbahnhof; ich war nicht sonderlich überrascht von der Mitteilung, daß die für mich bestimmte Sendung nicht aufgetaucht war. Der Zug Nr. 5508 sei am Tag zuvor mit nur 35 Minuten Verspätung eingelaufen, habe aber keine an mich adressierte Kiste enthalten. Der Agent versprach mir aber,

Nachforschungen über den Verbleib der Sendung anzustellen. Ich beendete den Tag damit, daß ich Akeley in einem Brieftelegramm die Situation schilderte.

Erfreulich rasch traf schon am folgenden Nachmittag ein Bericht aus Boston ein, wo der Agent, mit dem ich gesprochen hatte, sich sofort telefonisch um die Klärung der Angelegenheit bemüht hatte. Es sah so aus, als habe sich der für das Expreßgut im Zug Nr. 5508 verantwortliche Eisenbahnangestellte an einen Zwischenfall erinnern können, der für meinen Verlust von einiger Bedeutung sein konnte – einen Streit mit einem offenbar vom Lande stammenden, mageren, rotblonden Mann mit einer seltsamen Stimme, während eines Aufenthalts im Bahnhof Keene, N. H., kurz nach zwei Uhr Standardzeit.

Der Mann, so berichtete er, sei fürchterlich aufgeregt gewesen wegen einer schweren Kiste, die er angeblich erwartete, die aber weder im Zug noch in den Unterlagen der Gesellschaft zu finden war. Er habe behauptet, er hieße Stanley Adams, und habe eine so sonderbar belegte, dröhnende Stimme gehabt, daß der Eisenbahnangestellte unnatürlich benommen und schläfrig wurde, während er ihm zuhörte. Er konnte sich nicht genau erinnern, wie das Gespräch ausgegangen war, entsann sich aber, daß er wieder richtig wach geworden war, als der Zug sich in Bewegung setzte. Der Bostoner Agent fügte noch hinzu, daß dieser Angestellte ein junger Mann von unzweifelhafter Aufrichtigkeit und Verläßlichkeit sei, aus guten Verhältnissen stamme und schon lange bei der Gesellschaft arbeite.

An diesem Abend fuhr ich nach Boston, um selbst mit diesem Angestellten zu sprechen, nachdem ich mir in dem Büro seinen Namen und seine Adresse hatte geben lassen. Er war ein freimütiger, sympathischer Junge, aber ich stellte fest, daß er seinem ursprünglichen Bericht nichts hinzufügen konnte. Merkwürdigerweise war er kaum davon überzeugt, daß er den sonderbaren Fragesteller wiedererkennen würde. Ich mußte mich damit abfinden, daß er nicht mehr zu sagen hatte, fuhr nach Arkham zurück und blieb die ganze Nacht wach, um Briefe an Akeley, die Expreßgesellschaft sowie an die Polizei und den Stationsvorsteher von Keene zu schreiben. Ich argwöhnte, daß der Mann mit der seltsamen Stimme, der den Angestellten auf so merkwürdige Weise beeinflußt hatte, eine entscheidende Rolle in der ominösen Angelegenheit spielen mußte, und ich hoffte, von den Bahnhofsangestellten und aus den Unterlagen des Telegrammbüros in Keene etwas über ihn und darüber, weshalb er gerade dort und zu dieser Zeit seine Reklamation vorgebracht hatte, zu erfahren.

Ich muß jedoch zugeben, daß alle meine Nachforschungen zu keinem Ergebnis führten. Der Mann mit der seltsamen Stimme war tatsächlich am frühen Nachmittag des 18. Juli in der Nähe des Bahnhofs Keene gesehen worden, und ein Herumtreiber brachte ihn verschwommen mit einer schweren Kiste in Verbindung; aber er war völlig unbekannt und nie zuvor oder danach gesehen worden. Er war nicht im Telegrammbüro gewesen und hatte keinerlei Nachricht empfangen, soweit sich diese feststellen ließ, noch war irgendeine Nachricht, die als Hinweis auf den Transport des schwarzen Steines im Zug Nr. 5508 hätte ausgelegt werden können, über das Büro an irgend jemanden durchgegeben worden. Akeley half mir natürlich bei diesen Nachforschungen und fuhr sogar selbst nach Keene, um die Leute in der Bahnhofsgegend zu befragen; aber seine Einstellung zu der Sache war fatalistischer als meine. Anscheinend empfand er den Verlust der Kiste als den unheilverkündenden Beweis einer unausweichlichen Entwicklung und hegte in Wirklichkeit nicht die geringste Hoffnung, sie wiederzubekommen. Er sprach von den unbezweifelbaren telepathischen und hypnotischen Kräften der Kreaturen in den Bergen und ihrer Helfershelfer, und in einem Brief deutete er an, er glaube nicht, daß der Stein sich noch auf dieser Erde befinde. Was mich betraf, so war ich ehrlich wütend, denn es hätte zumindest die Aussicht bestanden, aus den alten, verwaschenen Hieroglyphen tiefgründige, erstaunliche Dinge herauszulesen. Die Sache wäre mir sehr nachgegangen, hätten nicht Akeleys unmittelbar darauffolgende Briefe das furchtbare Problem mit den Bergungeheuern in eine neue Phase eintreten lassen, die sofort meine ganze Aufmerksamkeit beanspruchte.

IV

Die unbekannten Wesen hätten, so schrieb Akeley in einer Handschrift, die bedauernswert zittrig geworden war, begonnen, ihn mit bisher nicht erlebter Hartnäckigkeit zu bedrängen. Das nächtliche Gebell der Hunde sei jetzt schauderhaft, sooft der Mond nur schwach oder überhaupt nicht schien, und sie versuchten jetzt, ihn am hellichten Tage auf einsamen Straßen zu belästigen. Am zweiten August habe er, als er mit seinem Wagen ins Dorf fuhr, einen Baumstamm quer über dem Weg vorgefunden, an einer Stelle, wo die Straße durch ein dichtes Waldstück führte; gleichzeitig habe ihm das wütende Gebell der Hunde nur allzu deutlich angezeigt, welch schreckliche Dinge sich ganz in der Nähe verbargen. Was geschehen wäre, hätte er die Hunde nicht dabeigehabt, wagte er sich nicht auszumalen – aber er verlasse jetzt niemals sein Haus, ohne mindestens zwei dieser treuen, starken Tiere mitzunehmen. Weitere Vorfälle auf der Straße hätten sich am fünften und sechsten August ereignet; bei dem einen habe ein Schuß seinen Wagen gestreift, und bei dem anderen habe ihm das Gebell der Hunde die Anwesenheit unheimlicher Waldgeister angezeigt.

Am fünfzehnten August bekam ich einen verzweifelten Brief, der mich wünschen ließ, Akeley würde seine einsame Zurückhaltung aufgeben und sich unter den Schutz des Gesetzes stellen. In der Nacht vom Zwölften auf den Dreizehnten hatten sich furchtbare Dinge ereignet – rings um das Haus hatten Schüsse geknallt, und drei der zwölf großen Hunde hatte Akeley am Morgen erschossen aufgefunden. Myriaden von Klauenspuren waren auf der Straße, und dazwischen die Fußspuren von Walter Brown. Als Akeley gerade in Brattleboro anrief, um neue Hunde anzufordern, war die Leitung plötzlich tot, bevor er viel hatte sagen können. Später fuhr er mit seinem Wagen nach Brattleboro, wo man ihm sagte, Streckenarbeiter hätten entdeckt, daß das Hauptkabel an einer Stelle, wo es durch die einsamen Berge nördlich von Newfane verlief, sauber durchschnitten war. Akeley schrieb aber, er sei jetzt dabei, mit vier prächtigen neuen Hunden und mehreren Kisten Munition für seine Hochwild-Repetierbüchse den Heimweg anzutreten. Der Brief war im Postamt Brattleboro geschrieben und erreichte mich ohne Verzögerung.

Meine Einstellung zu der Sache wechselte in diesen Tagen schnell von abstraktem wissenschaftlichem Interesse zu beunruhigender persönlicher Betroffenheit. Ich hatte Angst – um Akeley in seinem abgelegenen, einsamen Landhaus, und ein wenig auch um mich selbst, der ich jetzt endgültig in die grauenhafte Geschichte verwikkelt war. Die Sache griff also um sich. Würde sie mich in ihren Bann ziehen und mich verschlingen? In meiner Antwort auf diesen Brief drängte ich ihn, Hilfe zu suchen, und deutete an, daß ich selbst zur Tat schreiten würde, wenn er nichts unternahm. Ich sprach davon, daß ich notfalls gegen seinen Willen persönlich nach Vermont kommen und ihm helfen würde, den maßgebenden Behörden die Situation zu erklären. Als Antwort erhielt ich jedoch nur ein Telegramm aus Bellows Falls mit folgendem Text:

VERSTEHE IHRE BESORGNIS KANN ABER NICHTS TUN UNTERNEHMEN SIE NICHTS EIGENMÄCHTIG DENN DAS KÖNNTE BEIDEN NUR SCHADEN WARTEN SIE ERKLÄRUNG AB HENRY AKELEY

Aber die Sache wurde immer schlimmer. Auf meine Antwort auf das Telegramm erhielt ich eine fahrig hingekritzelte Mitteilung von Akeley mit der haarsträubenden Nachricht, daß er nicht nur das Telegramm nie abgeschickt, sondern auch meinen Brief, auf den es sich offensichtlich bezog, nicht bekommen hatte. Sofortige Nachfragen in Bellows Falls hätten ergeben, daß der Text des Telegramms von einem sonderbaren rotblonden Mann mit einer merkwürdig belegten, dröhnenden Stimme aufgegeben worden war, aber mehr habe er nicht erfahren können. Der Angestellte zeigte ihm den von dem Absender mit Bleistift hingekritzelten Originaltext, aber die Handschrift war ihm völlig unbekannt. Bemerkenswert war, daß die Unterschrift einen Fehler enthielt – A-K-E-L-Y, ohne das zweite »E«. Bestimmte Vermutungen drängten sich auf, aber mitten in dieser offensichtlichen Krise wolle er sich nicht damit aufhalten, sich darüber näher zu äußern.

Er sprach vom Tod weiterer und dem Kauf abermals neuer Hunde sowie von den Schießereien, die zu einer festen Begleiterscheinung jeder mondlosen Nacht geworden seien. Browns Fußspuren sowie die Schuhabdrücke von mindestens zwei anderen menschlichen Wesen waren jetzt regelmäßig inmitten der Klauenabdrücke auf der Straße und im Hinterhof zu finden. Es war, so gab Akeley zu, eine recht böse Geschichte; und er würde über kurz oder lang zu seinem Sohn nach Kalifornien ziehen, gleichgültig ob er das alte Anwesen verkaufen konnte oder nicht. Aber es sei nicht leicht, das einzige Fleckchen Erde, das man wirklich als sein Zuhause betrachten könne, zu verlassen. Er müsse versuchen, sich noch eine Weile zu halten; vielleicht könne er die Eindringlinge verjagen – besonders wenn er deutlich erkennen ließ, daß er alle weiteren Versuche, in ihre Geheimnisse einzudringen, aufgeben wollte.

Ich schrieb Akeley sofort, erneuerte mein Hilfsangebot und sprach wieder davon, daß ich ihn besuchen und ihm helfen wollte, die Behörden von der tödlichen Gefahr zu überzeugen, in der er schwebte. In seiner Antwort schien er diesem Plan weniger abgeneigt, als man nach seiner früheren Einstellung hätte vermuten können, sagte aber, er wolle damit noch ein wenig warten – gerade so lange, um seine Angelegenheiten ordnen und sich an den Gedanken gewöhnen zu können, daß er sein Geburtshaus, an dem er auf beinahe krankhafte Art hing, verlassen mußte. Die Leute betrachteten seine Studien und seine Vermutungen mit Mißtrauen, und es würde besser sein, unbemerkt wegzuziehen, ohne die ganze Gegend in Aufruhr zu versetzen und verbreitete Zweifel an seinem Verstand aufkommen zu lassen. Er gebe sich geschlagen, wolle sich aber einen möglichst würdigen Abgang verschaffen.

Dieser Brief traf am 28. August bei mir ein, und in meiner Antwort versuchte ich ihn zu beruhigen, so gut ich konnte. Offensichtlich tat diese Ermutigung ihre Wirkung, denn Akeley hatte nicht mehr über so viele schreckliche Vorkommnisse zu berichten, als er den Empfang meiner Nachricht bestätigte. Er war jedoch nicht sonderlich optimistisch und äußerte die Vermutung, daß wohl nur der Vollmond die Schreckgestalten abhalte. Er hoffte, es würde nicht zu viele dichtbewölkte Nächte geben, und sprach davon, sich in Brattleboro einzuquartieren, sobald der Mond abnahm. Wieder schrieb ich ihm einen aufmunternden Brief, aber am 5. September erhielt ich neue Nachrichten von ihm, die sich offensichtlich auf dem Postweg mit meinem Brief gekreuzt hatten; und darauf konnte ich beim besten Willen nicht mehr hoffnungsvoll antworten. In Anbetracht seiner Bedeutung halte ich es für richtig, diesen Brief hier vollständig wiederzugeben, so gut ich mich der in fahriger Handschrift verfaßten Zeilen noch entsinnen kann. Im wesentlichen enthielt er folgendes:

Lieber Wilmarth, Montag

hier eine ziemlich entmutigende Nachschrift zu meinem letzten Brief. Letzte Nacht war der Himmel dicht bewölkt – obwohl es nicht regnete – und vom Mond war kein Schimmer zu sehen. Es war ziemlich schlimm, und ich glaube, das Ende nähert sich, trotz all unserer Hoffnungen. Nach Mitternacht landete etwas auf dem Hausdach, und die Hunde sprangen alle auf, um zu sehen, was es war. Ich konnte hören, wie sie knurrend umhersprangen, und schließlich gelang es einem, auf das Dach zu kommen, indem er von dem niedrigen Flügel aus hinaufsprang. Daraufhin spielte sich dort oben ein schrecklicher Kampf ab, und ich hörte ein schauderhaftes Summen, das ich nie vergessen werde. Dann verbreitete sich ein widerwärtiger Gestank. Fast im selben Augenblick durchschlugen Kugeln die Fenster und streiften mich fast. Ich glaube, der größte Haufen der unheimlichen Wesen war bis nahe an das Haus vorgedrungen, als die Hunde durch die Geschichte auf dem Dach abgelenkt wurden. Was sich dort oben abgespielt hat, weiß ich noch nicht, aber ich fürchte, diese Kreaturen haben gelernt, besser mit ihren Schwingen zu lenken. Ich löschte das Licht, benutzte die Fenster als Schießscharten und bestrich die ganze Umgebung des Hauses mit Gewehrfeuer, wobei ich gerade so hoch zielte, daß ich nicht die Hunde traf. Das machte dem Spuk ein Ende, aber am Morgen fand ich große Blutlachen im Hof und außerdem Pfützen einer zähen, grünen Flüssigkeit, die den widerlichsten Gestank ausströmten, den ich jemals gerochen habe. Ich kletterte aufs Dach und fand auch dort Spuren von diesem Zeug. Fünf meiner Hunde waren tot – leider hatte ich einen davon selbst erschossen, indem ich zu tief gezielt hatte, denn er war in den Rücken getroffen. Jetzt setze ich die Fensterscheiben wieder ein, die bei der Schießerei zu Bruch gegangen sind, und fahre dann nach Brattleboro, um mir neue Hunde zu besorgen. Ich glaube, die Leute in den Hundezwingern halten mich für verrückt. Schreibe Ihnen später noch mal. Hoffe in ein oder zwei Wochen zum Umzug bereit zu sein, obwohl mich der Gedanke daran fast umbringt.

In Eile – Akeley

Aber das war nicht der einzige Brief von Akeley, der sich mit meinem kreuzte. Am nächsten Morgen – dem 6. September – kam noch einer; diesmal ein wahnwitziges Gekritzel, das mich völlig aus der Fassung brachte, so daß ich nicht wußte, was ich als nächstes sagen oder tun sollte. Wieder kann ich nichts Besseres tun, als den Text so wortgetreu zu zitieren, wie mein Gedächtnis es mir erlaubt.

Dienstag

Die Wolken rissen nicht auf, also wieder kein Mondschein – er nimmt ohnehin schon ab. Ich würde elektrischen Strom ins Haus legen und einen Suchscheinwerfer einbauen lassen, wenn ich nicht wüßte, daß sie die Kabel schneller durchschneiden würden, als sie wieder geflickt werden könnten.

Ich glaube, ich verliere den Verstand. Es kann sein, daß alles, was ich Ihnen je geschrieben habe, Traum oder Wahnsinn ist. Es war vorher schon schlimm genug, aber jetzt geht's wirklich zu weit. *Sie haben letzte Nacht mit mir gesprochen* – in dieser entsetzlichen summenden Stimme – und mir Dinge gesagt, die ich Ihnen nicht zu wiederholen wage. Ich verstand sie gut, trotz des Hundegebells, und als sie einmal übertönt wurden, *kam ihnen eine menschliche Stimme zu Hilfe.* Halten Sie sich aus der Geschichte heraus, Wilmarth – es ist schlimmer, als Sie oder ich je befürchtet haben. *Sie wollen mich jetzt nicht mehr nach Kalifornien ziehen lassen – sie wollen mich lebendig fortbringen, oder was man in einem theoretischen oder geistigen Sinne lebendig nennen kann* – nicht nur zu Yuggoth, sondern darüber hinaus – an einen Ort außerhalb unserer Galaxie *und womöglich an den äußersten gewölbten Rand des Weltraums.* Ich habe ihnen gesagt, daß ich nicht dorthin gehen werde, wohin sie mich bringen wollen, schon gar nicht auf dem furchtbaren Weg, den sie mir zugedacht haben, aber ich fürchte, es ist vergebens. Mein Haus liegt so weit abseits, daß sie über kurz oder lang bei Tage ebenso wie in der Nacht kommen werden. Sie haben weitere sechs Hunde getötet, und ich spürte ihre Nähe auf allen Waldstrecken der Straße, als ich heute nach Brattleboro fuhr. Es war ein Fehler von mir, zu versuchen, Ihnen die Phonographenaufnahme und den schwarzen Stein zu schicken. Vernichten Sie lieber die Aufnahme, bevor es zu spät ist. Ich werde Ihnen morgen wieder ein paar Zeilen schreiben, falls ich dann noch hier bin. Ich wollte, ich könnte mich dazu aufraffen, meine Bücher und meine anderen Sachen nach Brattleboro zu schaffen und mich dort einzuquartieren. Ich würde ohne weiteres davonlaufen, wenn ich könnte, aber irgend etwas in mir hält mich zurück. Ich könnte nach Brattleboro entkommen, wo ich in Sicherheit sein müßte, aber ich fühle mich dort ebensosehr als Gefangener wie in meinem Haus. Und es scheint mir, als könnte ich kaum etwas ändern, selbst wenn ich alles im Stich ließe. Es ist schrecklich – lassen Sie sich nicht auch noch hineinziehen.

Grüße – Akeley

Nachdem ich diese fürchterliche Nachricht bekommen hatte, konnte ich die ganze Nacht nicht schlafen, und ich war mir völlig im unklaren über Akeleys Geisteszustand. Der Inhalt der Mitteilung war völlig verrückt, aber seine Ausdrucksweise war – in Anbetracht all der Dinge, die schon passiert waren – von grimmiger Überzeugungskraft. Ich machte keinen Versuch, ihm darauf zu antworten, weil ich es für besser hielt, zu warten, bis er Zeit fand, meinen letzten Brief zu beantworten. Dieser Antwortbrief traf tatsächlich am folgenden Tag ein, jedoch überschatteten die neuen Nachrichten, die er enthielt, all das, was in meinem Brief gestanden hatte und worauf er eigentlich hätte eingehen müssen. Hier ist, was mir aus diesem Brief im Gedächtnis geblieben ist, der –

fast unleserlich und mit Tintenklecksen verunziert – offensichtlich in höchster Bedrängnis verfaßt worden war.

Mittwoch

Ihr Brief kam, aber es hat keinen Zweck, noch irgend etwas zu besprechen. Ich habe endgültig aufgegeben. Ich wundere mich, daß ich noch genug Willenskraft habe, um sie abzuwehren. Kann nicht mehr entkommen, selbst wenn ich bereit wäre, alles aufzugeben und davonzurennen. Sie werden mich kriegen. *Gestern bekam ich einen Brief von ihnen* – der Postbote brachte ihn, während ich in Brattleboro war. Abgestempelt in Bellows Falls. Darin steht, was sie mit mir vorhaben – kann es nicht wiedergeben. Passen Sie auf sich auf! Vernichten Sie die Aufnahme! Die Nächte sind noch immer bewölkt, und der Mond nimmt immer mehr ab. Wollte, ich könnte mich aufraffen, Hilfe zu holen – das könnte meine Willenskraft stärken – aber jeder, der es überhaupt wagen würde zu kommen, müßte mich für verrückt halten, es sei denn, ich hätte einen Beweis. Unmöglich, die Leute ohne jeden Grund herkommen zu lassen – ich kenne niemanden mehr, schon seit Jahren.

Aber das Schlimmste habe ich Ihnen noch gar nicht erzählt, Wilmarth. Halten Sie sich fest, bevor Sie es lesen, es wird Ihnen einen Schlag versetzen. Aber ich sage die Wahrheit. Es ist folgendes – *ich habe eines dieser Dinger gesehen und berührt, oder jedenfalls einen Teil eines dieser Dinger*. Bei Gott, es ist grauenhaft! Es war tot, natürlich. Einer der Hunde hatte es zu fassen gekriegt, und ich fand es heute morgen in der Nähe des Zwingers. Ich habe versucht, es im Holzschuppen aufzubewahren, um die Leute von der ganzen Sache überzeugen zu können, aber es hatte sich in ein paar Stunden vollständig aufgelöst. Nichts ist geblieben. Sie wissen, daß all diese Dinger in den Flüssen nur am ersten Morgen nach der Überschwemmung gesehen wurden. Und jetzt kommt das Ärgste: Ich habe versucht, es für Sie zu photographieren, aber als ich den Film entwickelte, *war nichts zu sehen außer* dem Schuppen. Woraus kann das Ding bestanden haben? Ich sah es und fühlte es, und sie alle hinterlassen Fußspuren. Es war bestimmt aus irgendeinem Stoff gemacht, aber aus was für einem? Die Form ist nicht zu beschreiben. Es war eine große Krabbe, die anstelle eines Kopfes eine Menge pyramidenartig angeordneter Fleischringe oder Knoten aus dicker, klebriger Masse mit Fühlern daran hatte. Diese grüne, zähe Flüssigkeit ist ihr Blut oder Saft. Jede Minute können noch mehr von ihnen auf der Erde eintreffen.

Walter Brown ist verschwunden – man hat ihn in den umliegenden Dörfern an keiner seiner gewöhnlichen Ecken herumlungern sehen. Ich muß ihn mit einem meiner Schüsse getroffen haben, aber die Kreaturen nehmen anscheinend ihre Toten und Verwundeten immer mit.

Kam heute Nachmittag ohne Schwierigkeiten in die Stadt, befürchtete aber, sie halten sich zurück, weil sie meiner sicher sind. Schreibe diesen Brief im Postamt Brattleboro. Dies kann der Abschied sein – wenn ja, schreiben Sie meinem Sohn George Goodenough Akeley, 176 Pleasant St., San Diego, Cal., *aber kommen Sie nicht hierher*. Schreiben Sie dem Jungen, falls Sie innerhalb einer Woche nichts von mir hören, und achten Sie auf Meldungen in den Zeitungen.

Ich werde jetzt meine letzten Karten ausspielen – wenn

meine Willenskraft noch ausreicht. Erst werde ich versuchen, die Dinger mit Giftgas umzubringen (ich habe die nötigen Chemikalien und habe Gasmasken für mich und die Hunde besorgt), und dann, wenn das nichts nützt, werde ich den Sheriff informieren. Wenn sie wollen, können sie mich ins Irrenhaus sperren – das wäre besser als das, was die anderen Kreaturen tun würden. Vielleicht gelingt es mir, sie auf die Spuren rings um das Haus aufmerksam zu machen – sie sind nur schwach, aber ich finde jeden Morgen welche. Nehme aber an, die Polizei würde behaupten, ich hätte sie irgendwie selber gemacht; denn sie denken alle, ich sei ein Wirrkopf.

Ich muß versuchen, einen Mann von der staatlichen Polizei zu bekommen, der eine Nacht hier verbringen und sich selbst überzeugen könnte – aber es würde diesen Kreaturen ähnlich sehen, daß sie sich, wenn sie Wind davon bekämen, in dieser Nacht zurückhalten würden. Sie schneiden mir die Leitung durch, sooft ich in der Nacht zu telefonieren versuche – die Streckenarbeiter finden das sehr merkwürdig und könnten als Zeugen für mich auftreten, wenn sie nicht gar meinen, ich zerschneide sie selbst. Seit über einer Woche versuche ich jetzt, sie reparieren zu lassen.

Ich könnte einige der ungebildeten Leute dazu bringen, die tatsächliche Existenz der Schreckgestalten zu bezeugen, aber jedermann lacht, sobald sie den Mund auftun, und außerdem meiden sie mein Grundstück schon seit so langer Zeit, daß sie über keines der neueren Ereignisse Bescheid wissen. Nicht für Geld und gute Worte könnte man einen dieser heruntergekommenen Farmer dazu bringen, sich näher als eine Meile an mein Haus heranzuwagen. Der Briefträger hört natürlich, was sie sich erzählen und zieht mich damit auf – mein Gott! Wenn ich es nur über mich brächte, ihm zu sagen, wie wahr es ist! Ich glaube, ich werde versuchen, ihn auf die Spuren aufmerksam zu machen, aber er kommt am Nachmittag, und um diese Zeit sind sie meistens schon verschwunden. Wenn ich eine konservieren würde, indem ich eine Schachtel oder eine Pfanne darüberstelle, würde er sicher denken, es sei ein Schwindel oder ein Scherz. Wäre ich nur nicht ein solcher Einsiedler geworden, dann kämen heute noch die Leute bei mir vorbei, wie sie es früher getan haben. Ich habe nur den ungebildeten Leuten den schwarzen Stein und die Kodak-Bilder gezeigt, nur ihnen die Aufnahme vorgespielt. Die anderen würden sagen, das Ganze sei ein Schwindel von mir, und mich bloß auslachen. Aber noch kann ich versuchen, die Bilder herzuzeigen. Sie zeigen die Fußspuren deutlich, wenn auch die Dinger, von denen sie stammen, nicht photographiert werden können. Welch ein Jammer, daß niemand dieses *Ding* heute morgen sah, bevor es sich in Nichts auflöste.

Aber ich weiß gar nicht, wovor ich mich noch fürchten sollte. Nach all dem, was ich durchgemacht habe, kann mir das Irrenhaus genauso recht sein wie jeder andere Aufenthaltsort. Die Ärzte können mir helfen, mich zum Verlassen meines Hauses durchzuringen, und das allein wird mich retten.

Schreiben Sie meinem Sohn George, wenn Sie nicht bald wieder von mir hören. Leben Sie wohl, vernichten Sie die Aufnahme und lassen Sie sich nicht mit hineinziehen.

Gruß Akeley

Dieser Brief stürzte mich in blankes Entsetzen. Ich wußte nicht, was ich ihm als Antwort schreiben sollte, sondern warf nur ein paar unzusammenhängende Worte der Ermutigung und des Rates hin und schickte sie ihm per Einschreiben. Ich entsinne mich, daß ich Akeley beschwor, augenblicklich nach Brattleboro zu ziehen und sich unter den Schutz der Behörden zu stellen; außerdem schrieb ich, daß ich in diese Stadt kommen und die Aufnahme mitbringen würde, um ihm zu helfen, die Gerichte von seinem gesunden Verstand zu überzeugen. Wenn ich mich recht erinnere, schrieb ich, es sei jetzt auch Zeit, die ganze Bevölkerung vor diesen Greueln in ihrer Mitte zu warnen. Man wird bemerkt haben, daß ich in diesem Augenblick der Belastung wirklich uneingeschränkt an alles glaubte, was Akeley getan und behauptet hatte, obgleich ich der Meinung war, daß das Mißlingen der Aufnahme von dem toten Monster nicht auf eine Laune der Natur, sondern auf irgendeinen Fehler zurückzuführen war, der ihm in der Aufregung unterlaufen war.

V

Und dann kam jener seltsam gegensätzliche, beschwichtigende Brief – er mußte sich mit meiner Mitteilung gekreuzt haben und erreichte mich am Samstag, dem 8. September, nachmittags – sauber auf einer neuen Schreibmaschine getippt; dieser merkwürdige Brief – er enthielt beruhigende Worte sowie eine Einladung – muß eine höchst wundersame Wendung in dem ganzen alptraumhaften Drama der einsamen Berge markiert haben. Wieder zitiere ich aus der Erinnerung – wobei ich aus bestimmten Gründen versuchen werde, den charakteristischen Stil, in dem er abgefaßt war, möglichst getreu wiederzugeben. Er war in Bellows Falls abgestempelt, und die Unterschrift war wie der ganze Brief mit der Maschine geschrieben, was bei Anfängern auf der Schreibmaschine häufig vorkommt. Der Text war jedoch für einen Neuling erstaunlich fehlerfrei; ich schloß daraus, daß Akeley schon irgendwann einmal eine Schreibmaschine benutzt hatte – vielleicht auf dem College. Es ist nur recht und billig, wenn ich gestehe, daß der Brief mich erleichterte, doch in meine Erleichterung mischte sich ein vages Gefühl der Beunruhigung. Wenn Akeley inmitten des Terrors bei Verstand gewesen war, war er es dann jetzt, da er von ihm erlöst war, auch noch? Und die angeblichen »verbesserten Beziehungen« – worin bestanden sie? Der ganze Brief ließ eine so diametrale Umkehrung von Akeleys bisheriger Haltung erkennen! Aber hier nun der Text, gewissenhaft aus der Erinnerung wiedergegeben, eine Gedächtnisleistung, auf die ich ein wenig stolz bin.

Townshend, Vermont,
Donnerstag, 6. Sept. 1928

Mein lieber Mr. Wilmarth,
es ist mir ein großes Vergnügen, Sie im Hinblick auf all die törichten Dinge, die ich Ihnen geschrieben habe, beruhigen zu können. Ich sage »töricht«, möchte aber damit mehr meine furchtsame Einstellung als meine Beschreibung bestimmter Phänomene kennzeichnen. Diese Phänomene sind nur allzu wirklich und bedeutend; mein Fehler ist es gewesen, eine anormale Haltung ihnen gegenüber einzunehmen.

Ich glaube, ich habe erwähnt, daß meine sonderbaren Besucher angefangen hatten, mit mir Verbindung aufzunehmen, und mit mir zu sprechen versuchten. Letzte Nacht nun fand ein solches Gespräch wirklich statt. Auf bestimmte Zeichen hin ließ ich einen Boten derer, die draußen waren, ins Haus – einen Menschen wie Sie und ich, beeile ich mich zu versichern. Er erzählte mir vieles, was weder Sie noch ich auch nur in Ansätzen vermutet hätten, und bewies mir klipp und klar, wie völlig falsch wir die Absichten der Außerirdischen, die sie mit ihrem Stützpunkt auf diesem Planeten verfolgen, beurteilt und ausgelegt haben.

Es scheint, daß die üblen Schauermärchen darüber, was sie den Menschen angeboten haben und welches ihre Wünsche im Zusammenhang mit der Erde sind, ausschließlich das Ergebnis eines auf Unwissen beruhenden Mißverstehens allegorischer Sprache sind – einer Sprache zwar, die von kulturellen Erscheinungen und von Denkgewohnheiten geformt ist, welche sich grundlegend von allem unterscheiden, wovon wir uns träumen lassen. Meine eigenen Schlußfolgerungen, das gebe ich offen zu, lagen genauso weit daneben, wie die Mutmaßungen irgendwelcher analphabetischer Bauern oder wilder Indianer. Was ich für unheimlich, böse und abscheulich gehalten hatte, ist in Wirklichkeit ehrfurchteinflößend, erleuchtend und sogar glorreich; meine frühere Einstellung war nichts weiter als eine Erscheinungsform der tiefverwurzelten Neigung des Menschen, etwas *völlig Andersartiges* zu hassen, zu fürchten und davor zurückzuschrecken.

Jetzt tut es mir leid, diese fremden und unbegreiflichen Wesen im Verlauf unserer nächtlichen Geplänkel verletzt zu haben. Hätte ich mich nur dazu bereitgefunden, zunächst einmal ruhig und vernünftig mit ihnen zu reden! Aber sie tragen mir nichts nach, denn ihre Regungen sind ganz anders geartet als die unsrigen. Es war ihr Pech, daß sie in Vermont einige äußerst minderwertige Subjekte als menschliche Verbindungsleute hatten – den verstorbenen Walter Brown zum Beispiel. Er nahm mich sehr gegen sie ein. Tatsächlich haben sie nie wissentlich Menschen verletzt, aber sie wurden oft grausam von unseren Artgenossen gequält und bespitzelt. Es gibt einen ganzen Geheimkult böser Menschen (ein Mann von Ihrer mythischen Bildung wird mich verstehen, wenn ich sie mit Hastur und dem Gelben Zeichen in Verbindung bringe), der es sich zur Aufgabe gemacht hat, sie im Auftrag monströser Mächte aus anderen Dimensionen aufzuspüren und zu bekämpfen. Nur gegen diese Angreifer – und nicht gegen die Menschheit allgemein – wenden sich die drastischen Abwehrmaßnahmen der Außerirdischen. Ich habe übrigens erfahren, daß viele unserer Briefe nicht von den Außerirdischen, sondern von den Abgesandten dieses bösartigen Kultes entwendet wurden. Alles, was die Außerirdischen sich von den Menschen wünschen, sind Frieden, Sicherheit vor Belästigungen und wachsende intellektuelle Beziehungen. Dies letztere ist jetzt absolut notwendig, da unsere Erfindungen und Vorrichtungen unser Wissen und unsere Bewegungsfreiheit erweitern und es für die Außerirdischen immer schwieriger machen, ihre notwendigen Außenposten auf diesem Planeten *unbemerkt* zu halten. Die fremden Wesen haben den Wunsch, die Menschheit genauer kennenzulernen, und möchten, daß einige unserer führenden Philosophen und Wissenschaftler mehr über sie erfahren. Mit einem solchen Wissensaustausch werden alle Risiken verschwinden, und ein zufriedenstellender *modus vivendi* wird erreicht werden. Der bloße Gedanke an irgendeinen Versuch, die Menschheit zu *versklaven* oder zu *erniedrigen*, ist lächerlich.

Um einen Anfang mit diesen verbesserten Beziehungen zu machen, haben die Außerirdischen naturgemäß mich – der ich bereits so viel von ihnen weiß – als ihren führenden Vertreter auf der Erde ausgewählt. Vieles habe ich letzte Nacht erfahren – höchst erstaunliche und enthüllende Tatsachen – und man wird mir in der nächsten Zeit noch mehr mitteilen, sowohl mündlich als auch schriftlich. Man wird zunächst noch nicht von mir verlangen, eine Reise *nach draußen* zu machen, obwohl ich es mir wahrscheinlich später einmal *wünschen* werde – ich würde dabei besondere Mittel anwenden und alles überschreiten, was wir als den Bereich menschlicher Erfahrung anzusehen gewöhnt sind. Mein Haus wird nicht mehr belagert werden. Alles ist wieder normal, und die Hunde werden nichts mehr zu tun bekommen.

Anstelle von Furcht und Schrecken ist mir ein Überfluß an Wissen und intellektuellem Abenteuer zuteil geworden, wie er wenigen anderen Menschen je beschert wurde.

Die äußeren Wesen sind vielleicht die wunderbarsten organischen Gebilde in oder jenseits allen Raums und aller Zeit – Angehörige einer kosmosweiten Rasse, von der alle anderen Lebensformen bloß degenerierte Varianten sind. Sie sind eher Pflanzen als Tiere, wenn diese Begriffe auf die Art Stoff angewandt werden können, aus der sie bestehen, und haben einen annähernd schwammartigen Aufbau; allerdings unterscheidet sie eine chlorophyllartige Substanz in ihrem Körper sowie ein höchst einmaliges Nahrungssystem grundlegend von den normalen Kormophyten. Tatsächlich ist diese Gattung aus einem Stoff zusammengesetzt, der in unserem Teil des Weltraums völlig unbekannt ist – die Elektronen haben eine völlig andere Vibrationsrate. Dies ist der Grund, weshalb diese Wesen nicht mit den *normalen* Photofilmen und -platten unserer Welt photographiert werden können, wenn auch unsere Augen sie sehen können. Mit dem nötigen Wissen ausgestattet, könnte jedoch jeder gute Chemiker eine photographische Emulsion herstellen, auf der man ihr Abbild festhalten könnte.

Diese Gattung ist einzigartig in ihrer Fähigkeit, den hitze- und luftleeren interstellaren Raum in voller Körperlichkeit zu durchqueren, allerdings können einige ihrer Varianten dies nur mit einem mechanischen Hilfsmittel oder nach absonderlichen chirurgischen Verpflanzungen bewerkstelligen. Nur einige wenige Arten haben die ätherbeständigen Schwingen, die für die Vermonter Variante typisch sind. Diejenigen, die bestimmte einsame

Gipfel der Alten Welt bewohnen, sind auf anderem Wege dorthin gebracht worden. Ihre äußerliche Ähnlichkeit mit tierischem Leben, und mit der Art von Struktur, die wir als stofflich ansehen, ist eher ein Ergebnis einer parallelen Entwicklung als einer engen Verwandtschaft. Ihre Gehirnkapazität übertrifft die aller noch existierenden Lebewesen, obwohl die geflügelten Arten unseres Berglandes keinesfalls die am höchsten entwickelten sind. Telepathie ist ihr normales Verständigungsmittel, obgleich sie verkümmerte Sprechorgane haben, die nach einer einfachen Operation (die Chirurgie, in der sie es zu wahrer Meisterschaft gebracht haben, ist bei ihnen eine alltägliche Angelegenheit) in der Lage sind, die Sprache solcher Organismen, die sich noch der Sprache bedienen, grob nachzuahmen.

Ihr wichtigster Aufenthaltsort ist *zur Zeit* ein noch unentdeckter und fast lichtloser Planet am äußersten Rand unseres Sonnensystems – jenseits von Neptun und neunmal so weit entfernt wie die Sonne. Es ist, wie wir schon vermutet hatten, jener Himmelskörper, der in gewissen uralten Geheimschriften unter dem Namen »Yuggoth« erwähnt wird; und er wird bald der Schauplatz einer seltsamen Konzentration von Geisteskräften auf unseren Planeten sein, die dazu dienen soll, geistige Beziehungen zu erleichtern. Es würde mich nicht überraschen, wenn die Astronomen diese Denkströme so deutlich spüren würden, daß sie Yuggoth entdeckten, sobald die Außerirdischen dies wünschen. Aber Yuggoth ist natürlich nur das Sprungbrett. Die Mehrzahl dieser Wesen bewohnt seltsam beschaffene Abgründe, die völlig außerhalb der kühnsten menschlichen Vorstellungen liegen. Das Raum-Zeit-System, das wir als Totalität aller kosmischen Existenz begreifen, ist nur ein Atom in der wirklichen Unendlichkeit, wie sie ihnen bekannt ist. *Und soviel von dieser Unendlichkeit, wie ein menschliches Gehirn nur aufnehmen kann, soll mir schließlich offenbart werden, und das ist seit Anbeginn der Menschheit nicht mehr als fünfzig Menschen widerfahren.*

Sie werden das zunächst vielleicht Raserei nennen, Wilmarth, aber mit der Zeit werden Sie die gigantische Gelegenheit zu würdigen wissen, die sich mir ohne mein Zutun eröffnet hat. Ich möchte, daß Sie einen möglichst großen Anteil daran haben, und zu diesem Zweck muß ich Ihnen tausend Dinge sagen, die man nicht dem Papier anvertrauen kann. In der Vergangenheit habe ich Sie davor gewarnt, mich zu besuchen. Jetzt, da alle Gefahr vorüber ist, ist es mir ein Vergnügen, diese Warnung zu widerrufen und Sie einzuladen.

Können Sie nicht eine Reise hier herauf machen, bevor Ihr Semester beginnt? Ich würde mich sehr freuen, wenn Sie es ermöglichen könnten. Bringen Sie die Phonographen-Aufnahme und all meine Briefe als Unterlagen mit – wir werden sie brauchen, um die ganze furchtbare Geschichte Stück für Stück zusammenzusetzen. Auch die Kodak-Bilder könnten Sie mitbringen, denn ich habe offenbar die Negative und meine eigenen Abzüge in der Aufregung der letzten Tage verlegt. Aber welch eine Fülle von Tatsachen habe ich all diesem unsicheren, vorläufigen Material hinzuzufügen – *und welch wunderbare Vorrichtung besitze ich, um diese neuen Angaben zu ergänzen!*

Zögern Sie nicht – ich werde nicht mehr bespitzelt, und Sie werden nichts Unnatürliches oder Verwirrendes vorfinden. Kommen Sie einfach her, ich werde Sie mit dem Wagen am Bahnhof in Brattleboro abholen – bereiten Sie sich darauf vor, so lange zu bleiben, wie Sie können, und erwarten Sie manch einen Abend mit Gesprächen über Dinge, die alles menschliche Vorstellungsvermögen übersteigen. Sagen Sie niemandem etwas davon – denn diese Sache ist nichts für die breite Öffentlichkeit.

Die Zugverbindungen nach Brattleboro sind nicht schlecht – Sie können sich in Boston einen Fahrplan beschaffen. Nehmen Sie den B. & M. nach Greenfield, und steigen Sie dann für das letzte, kurze Stück um. Ich würde vorschlagen, Sie nehmen den bequemen Eilzug, der um 4 Uhr 10 nachmittags in Boston abfährt. Er kommt in Greenfield um 7 Uhr 35 an, und um 9 Uhr 19 fährt dort ein Zug ab, der um 10 Uhr 01 in Brattleboro ist. Das gilt für Werktage. Lassen Sie mich wissen, an welchem Tag Sie kommen, und mein Wagen wird am Bahnhof sein.

Entschuldigen Sie, daß ich diesen Brief mit Maschine schreibe, aber meine Handschrift ist in letzter Zeit etwas zittrig geworden, wie Sie sicher bemerkt haben, und mir ist nicht danach zumute, längere Sachen mit der Hand zu schreiben. Ich habe mir diese neue Corona gestern in Brattleboro gekauft – sie scheint ausgezeichnet zu funktionieren.

In der Erwartung Ihrer Nachricht, und der Hoffnung, Sie bald hier begrüßen zu können, mit der Phonographen-Aufnahme und allen meinen Briefen – und den Kodak-Abzügen – bin ich

Ihr
Henry W. Akeley

Herrn Albert N. Wilmarth, Esq.,
Miskatonic Universität,
Arkham, Mass.

Die Vielfalt meiner Gefühle, nachdem ich diesen Brief gelesen hatte und als ich ihn wieder las und über ihn nachdachte, läßt sich kaum beschreiben. Ich habe gesagt, ich sei gleichzeitig erleichtert und beunruhigt gewesen, aber darin kommt nur unzulänglich der Beiklang zwiespältiger und großenteils unbewußter Gefühle zum Ausdruck, der sowohl in meiner Erleichterung als auch in meinem Unbehagen mitschwang. Zunächst stand die Sache so eindeutig im Widerspruch zu der ganzen Kette schrecklicher Ereignisse, die ihr vorausgegangen war. Der Stimmungswechsel von nacktem Entsetzen zu kühler Selbstgefälligkeit, ja sogar überschäumender Freude, kam so unverhofft, fast wie ein Blitz aus heiterem Himmel, und schien so endgültig. Ich konnte es kaum fassen, daß ein einziger Tag die seelische Verfassung des Mannes so einschneidend verändert haben sollte, der diese letzte, vom Entsetzen gekennzeichnete Nachricht vom Mittwoch abgeschickt hatte, ganz gleich, welche beschwichtigenden Offenbarungen dieser Tag gebracht haben mochte. Mehrmals überkam mich ein Gefühl für das Unwirkliche dieser Situation, und dann fragte ich mich, ob nicht dieses erregende, aus der Ferne miterlebte Spiel phantastischer Mächte ein trügerischer Traum war, der zum größten Teil meiner eigenen Einbildung entstammte. Aber dann dachte ich an die Phonographen-Aufnahme und überließ mich noch tieferer Verwirrung.

Der Brief war so völlig anders als alles, was man hätte

erwarten können. Als ich den Eindruck, den er in mir hinterlassen hatte, näher untersuchte, fand ich, daß er zwei getrennte Aspekte enthielt. Einmal war da die Tatsache, daß die Wandlung viel zu plötzlich und unerklärlich war, wollte man Akeley zugestehen, daß er vorher wie nachher bei vollem Verstand war. Zweitens war die Veränderung in Akeleys Ausdruck, seiner Haltung und seiner Sprache so jenseits alles Normalen und Vorhersehbaren. Seine ganze Persönlichkeit hatte anscheinend eine unerklärliche Mutation durchgemacht – eine so tiefgreifende Mutation, daß man kaum glauben konnte, daß seine beiden Gesichter ein gleiches Maß an Verstandesklarheit ausdrückten. Wortwahl, Rechtschreibung – alles war fast unmerklich verändert. Mit meinem an der Universität erworbenen Gefühl für stilistische Feinheiten konnte ich deutliche Abweichungen zu seinem bisherigen Sprachrhythmus feststellen. Es lag auf der Hand, daß eine emotionale Umwälzung der Offenbarung, die eine solche Veränderung herbeiführen konnte, wahrhaft tiefgreifend sein mußte! Doch in anderer Hinsicht schien der Brief wieder sehr charakteristisch für Akeley. Die gleiche alte Leidenschaft für die Unendlichkeit – die gleiche gelehrtenhafte Neugier. Keinen Augenblick lang – oder jedenfalls nicht länger als einen Augenblick – spielte ich mit dem Gedanken, der Brief könnte gefälscht oder mit böser Absicht untergeschoben sein. Bewies nicht die Einladung – also die Aufforderung, mich persönlich von der Wahrheit des Briefes zu überzeugen – seine Echtheit?

Ich begab mich in dieser Nacht nicht zur Ruhe, sondern saß wach und sann über die dunklen Rätsel nach, die dieser Brief mir aufgab. Mein Kopf schmerzte von den ungeheuerlichen Eindrücken, denen er während der letzten vier Monate in schnellem Wechsel ausgesetzt gewesen war, und meine Gedanken kreisten ständig um diese bestürzenden neuen Nachrichten, wobei ich, zwischen Zweifel und Überzeugung schwankend, fast alle Stationen wieder durchlief, die meine wechselnde Einstellung zu den früheren Wunderdingen markiert hatten; bis schließlich noch lange vor Tagesanbruch der Sturm verwirrender und beunruhigender Gefühle einer brennenden Neugier gewichen war. Mochte er verrückt oder bei Sinnen, verwandelt oder bloß erleichtert sein, alles deutete darauf hin, daß Akeley bei seinen gewagten Nachforschungen tatsächlich auf höchst erstaunliche neue Perspektiven gestoßen war und daß diese Entdekkung ihn schlagartig aus seiner bedrohlichen Lage – mochte sie nun real oder nur eingebildet sein – befreit und ihm schwindelerregende neue Ausblicke auf kosmisches, übermenschliches Wissen eröffnet hatte. Mein eigenes brennendes Interesse für das Unbekannte flammte auf, um sich mit dem seinen zu verbinden, und seine krankhafte Neigung zur Überschreitung aller Grenzen steckte mich an. All diese ärgerlichen und ermüdenden Beschränkungen von Raum, Zeit und Naturgesetz abschütteln zu können – mit der unendlichen *Außenwelt* verbunden zu sein – den dunklen, unergründlichen Geheimnissen des Unendlichen und Endgültigen nahezukommen – wahrhaftig, das war eine Aussicht, für die man sein Leben, seinen Verstand und seine Seele aufs Spiel setzen konnte! Und Akeley hatte gesagt, es bestünde keine Gefahr mehr – er hatte mich eingeladen, anstatt mich wie früher von einem Besuch abzuhalten. Ich bebte bei dem Gedanken an das, was er mir jetzt wohl zu erzählen hatte – und war fast bis zur Ohnmacht fasziniert von der Vorstellung, in diesem einsamen und noch bis vor kurzem belagerten Haus zu sitzen, neben einem Mann, der mit wirklichen Sendboten des äußeren Weltraums gesprochen hatte; dort zu sitzen mit der fürchterlichen Aufnahme und dem Stapel von Briefen, in denen Akeley seine früheren Beobachtungen und Erkenntnisse zusammengefaßt hatte.

Am späten Sonntagvormittag telegraphierte ich also Akeley, daß ich mich mit ihm am nächsten Mittwoch – dem 12. September – treffen wollte, falls dieser Termin ihm paßte. Nur in einem Punkt hielt ich mich nicht an seinen Vorschlag, und der betraf die Wahl des Zuges. Offen gestanden war ich nicht davon begeistert, in dieser gespenstischen Gegend Vermonts zu so später Abendstunde einzutreffen; anstatt seinem Vorschlag zu folgen, rief ich deshalb den Bahnhof an und ließ mir eine andere Verbindung geben. Wenn ich zeitig aufstand und den Eilzug um 8 Uhr 7 nach Boston nahm, würde ich den Anschluß um 9 Uhr 25 nach Greenfield erreichen und dort um 12 Uhr 22 ankommen. Dort konnte ich ohne Aufenthalt in einen Zug umsteigen, der um 1 Uhr 08 in Brattleboro eintraf – eine sehr viel angenehmere Zeit, um mich mit Akeley zu treffen und mit ihm in die geheimnisträchtigen, beengenden Berge zu fahren.

Ich erwähnte diesen Entschluß in meinem Telegramm, und war erfreut, aus der gegen Abend eintreffenden Antwort zu entnehmen, daß mein zukünftiger Gastgeber damit einverstanden war. Sein Telegramm lautete wie folgt:

BIN EINVERSTANDEN WERDE ZUM EINUHRACHT ZUG MITTWOCH KOMMEN VERGESSEN SIE NICHT AUFNAHME UND BRIEFE UND BILDER HALTEN SIE REISEZIEL GEHEIM ERWARTEN SIE GROßE ENTHÜLLUNGEN AKELEY

Der Eingang dieser Nachricht als Antwort auf die kurz zuvor an Akeley abgeschickte Mitteilung – die ihm mit Sicherheit vom Postamt Townshend ins Haus zugestellt worden war, entweder vom Telegrammboten oder über das reparierte Telefon – beseitigte die letzten Zweifel, die ich noch im Zusammenhang mit dem Verfasser des verwirrenden Briefes gehegt haben mochte. Ich war sehr erleichtert – vielleicht war diese Erleichterung größer, als ich mir damals klarmachte, denn all diese Zweifel waren ziemlich tief verborgen gewesen. Aber ich schlief fest und lange in dieser Nacht und bereitete mich während der nächsten zwei Tage ungeduldig auf die Reise vor.

VI

Am Mittwoch fuhr ich wie vereinbart los, mit einem Koffer, der vollgepackt war mit dem notwendigen Alltagskram sowie mit wissenschaftlichen Unterlagen, darunter auch die fürchterliche Aufnahme, die Kodak-Bilder und ein ganzer Ordner mit Akeleys Briefen. Wie gewünscht, hatte ich niemandem gesagt, wohin ich fuhr; denn ich sah ein, daß die Sache äußerste Verschwiegenheit erforderte, mochte sie auch eine noch so günstige Wendung genommen haben. Der Gedanke an einen wirklichen geistigen Kontakt mit fremden, außerirdischen Wesen war schon für meinen geübten und schon ein bißchen vorbereiteten Geist erregend genug; wie sollte man sich dann erst seine Auswirkungen auf die große Masse der unwissenden Laien vorstellen? Ich weiß nicht, ob Furcht oder hochgespannte Erwartung in mir die Oberhand hatte, als ich in Boston umstieg und die lange Fahrt nach Westen antrat, aus den vertrauten Gegenden in solche, die ich weniger gut kannte. Waltham – Concord – Ayer – Fitchburg – Gardner – Athol.

Mein Zug kam in Greenfield mit sieben Minuten Verspätung an, aber der Anschlußexpreß nach Norden hatte warten müssen. Nachdem ich eilig umgestiegen war, fühlte ich eine seltsame Beklemmung, als die Wagen durch das frühe Nachmittagslicht dahinratterten, in Gebiete, von denen ich viel gelesen, die ich aber nie zuvor gesehen hatte. Ich wußte, daß ich in ein altmodischeres und primitiveres Neu-England fuhr als es die technisierten, verstädterten Gegenden an der Küste und im Süden waren, in denen ich mein ganzes Leben verbracht hatte;

ein unverdorbenes, altväterliches Neu-England, ohne die Ausländer und den Qualm aus Fabrikschornsteinen, ohne die Anschlagtafeln und Betonstraßen der von der Modernisierung erreichten Gebiete. Ich würde hier seltsame Überreste jenes stetigen, bodenständigen Lebens finden, dessen tiefe Wurzeln es zu einem echten, natürlichen Gewächs der Landschaft werden lassen – das stetige, bodenständige Leben, das merkwürdige, alte Erinnerungen wachhält und den Boden befruchtet, so daß der Glaube an schattenhafte, wunderbare und selten erwähnte Dinge darauf wachsen kann.

Ab und zu sah ich den blauen Connecticut-River in der Sonne glänzen, und nachdem wir durch Northfield gekommen waren, überquerten wir ihn. Vor uns erhoben sich geheimnisvolle grüne Berge, und als der Schaffner kam, erfuhr ich, daß ich endlich in Vermont war. Er sagte mir, ich solle meine Uhr eine Stunde zurückstellen, weil das nördliche Bergland sich nicht auf diese neumodischen Experimente mit der Sommerzeit einlassen würde. Als ich es tat, war mir, als drehte ich auch den Kalender um ein Jahrhundert zurück.

Der Zug fuhr an dem Fluß entlang, und drüben in New Hampshire konnte ich die Umrisse des steilen Wantastiquet näherkommen sehen, um den sich einzigartige alte Legenden ranken. Dann tauchten zur Linken Straßen auf, und auf der rechten Seite sah man eine grüne Insel im Fluß. Die Leute standen auf und drängten zum Ausgang, und ich schloß mich ihnen an. Der Zug hielt und ich stieg unter dem langen Bahnsteigdach des Bahnhofs Brattleboro aus.

Als ich die Reihe der wartenden Autos sah, blieb ich einen Moment stehen, um zu sehen, welcher sich als

Akeleys Ford herausstellen würde, aber ich wurde erkannt, bevor ich die Initiative ergreifen konnte. Und doch war es eindeutig nicht Akeley selbst, der mit ausgestreckter Hand auf mich zukam und mich mit weicher Stimme fragte, ob ich Mr. Albert N. Wilmarth aus Arkham sei. Der Mann ähnelte in keiner Weise dem bärtigen, ergrauten Akeley, den ich von dem Schnappschuß her kannte; es war ein jüngerer, urbaner Mann, modisch gekleidet und nur mit einem kleinen, dunklen Schnurrbart. Seine kultivierte Stimme kam mir auf seltsame und beinahe verwirrende Art bekannt vor, obwohl ich sie nirgends unterbringen konnte.

Während ich ihn musterte, hörte ich ihn erklären, er sei ein Freund meines Gastgebers und an dessen Stelle von Townshend hergefahren. Akeley, so sagte er, habe einen plötzlichen Asthma-Anfall bekommen und sich nicht in der Lage gefühlt, eine Fahrt an der frischen Luft zu machen. Es sei jedoch nichts Ernstes und im Hinblick auf meinen Besuch würde sich nichts ändern. Ich konnte nicht erkennen, wieviel dieser Mr. Noyes – so hatte er sich vorgestellt – über Akeleys Forschungen und Entdekkungen wußte, obwohl seine lässige Haltung ihn eher zu einem Außenseiter zu stempeln schien. Ich dachte daran, was für ein Einsiedler Akeley gewesen war, und wunderte mich ein bißchen, daß er so schnell einen Freund zur Hand hatte; aber ich ließ mich durch meine Überraschung nicht davon abhalten, in den Wagen zu steigen, zu dem er mich geleitete. Es war nicht das kleine uralte Auto, das ich nach Akeleys Schilderungen erwartet hatte, sondern ein großes, makelloses Exemplar neuerer Bauart – anscheinend Noyes eigener Wagen, mit einem Nummernschild aus Massachusetts. Mein Begleiter, so schloß ich, mußte sich vorübergehend als Sommergast in der Gegend von Townshend aufhalten.

Noyes setzte sich neben mich in das Auto und fuhr sofort los. Ich war froh, daß er nicht gerade übermäßig gesprächig war, denn ich war merkwürdig gespannt und verspürte keine große Lust, mich zu unterhalten. Die Stadt sah in der Nachmittagssonne sehr hübsch aus, als wir eine Steigung hinaufbrausten und nach rechts in die Hauptstraße einbogen. Sie döste vor sich hin wie die älteren Städte Neu-Englands, an die man sich aus seiner Kindheit erinnert, und die Dächer und Türmchen und Schornsteine und Ziegelmauern ließen mit ihrer Anordnung und ihren Umrissen tiefe Saiten vorväterlicher Gefühle anklingen. Ich bemerkte, daß ich mich am Tor zu einer Gegend befand, die durch die Anhäufung ungebrochener Zeitläufe verzaubert worden war; in einer Gegend, in der seltsame alte Dinge hatten wachsen und fortleben können, weil sie nie aufgestört worden waren.

Als wir aus Brattleboro hinausfuhren, verstärkte sich mein Gefühl der Beklemmung und Vorahnung, denn der eigenartige Charakter dieser bergigen Gegend mit ihren aufragenden, bedrohlichen, bedrückenden grünen und granitenen Abhängen beschwor dunkle Geheimnisse und Überbleibsel aus unvordenklichen Zeiten, von denen man nicht wußte, ob sie der Menschheit feindselig gegenüberstanden oder nicht. Eine Weile folgte unsere Route einem breiten, seichten Fluß, der aus den unbekannten Bergen im Norden kam, und ich schauderte, als mein Begleiter mir sagte, dies sei der West River. Denn in diesem Fluß, das hatte ich mir aus den Zeitungsberichten gemerkt, war eines der grausigen, krabbenartigen Wesen geschwommen, die man nach der Überschwemmung gesehen hatte.

Nach und nach wurde die uns umgebende Landschaft wilder und einsamer. Altertümliche, überdachte Brükken schauten unter überhängenden Felsen hervor wie aus einer düsteren Vergangenheit, und die halb stillgelegten Eisenbahngleise, die am Fluß entlangliefen, verbreiteten eine fast greifbare Atmosphäre der Trostlosigkeit. Wir fuhren durch ehrfurchterweckende, lebhaft grünende Täler, aus denen gewaltige Wände aufragten; grau und streng zeigte sich Neu-Englands jungfräulicher Granit zwischen der Vegetation, die sich bis zu den Gipfeln hinaufzog. Es gab Schluchten, in denen unbezähmte Wildbäche schäumten und mit ihren Wassern die ungeahnten Geheimnisse tausend unwegsamer Gipfel in den Fluß spülten. Hin und wieder zweigten schmale, halb verborgene Straßen ab, die sich ihren Weg durch dichte, üppige Wälder bahnten, unter deren Urweltbäumen sich wohl ganze Heere von Naturgeistern verbergen mochten. Als ich das sah, dachte ich daran, wie Akeley auf seinen Fahrten durch diese Gegend von unsichtbaren Mächten belästigt worden war, und wunderte mich nicht mehr, daß dies hatte geschehen können.

Das malerische, stattliche Dorf Newfane, das wir in knapp einer Stunde erreicht hatten, war unsere letzte Verbindung mit jener Welt, die der Mensch kraft Eroberung und vollständiger Besitzergreifung unwiderruflich sein eigen nennen darf. Danach brachen wir alle Brücken zu den unmittelbaren, greifbaren und zeitlichen Dingen ab und tauchten in eine phantastische Welt unwirklicher Ruhe ein, in der das schmale Band der Straße mit fast spürbar mutwilliger Launenhaftigkeit inmitten der unbewohnbaren grünen Gipfel und halbverlassenen Täler abwechselnd stieg und fiel. Abgesehen von dem Summen des Motors und den schwachen Geräuschen aus den wenigen einsamen Bauernhöfen, an denen wir in längeren Abständen vorbeikamen, war das einzige, was mein Ohr vernahm, das gurgelnde, geheimnisvolle Gluckern der Bäche, die aus unzähligen in den schattigen Wäldern verborgenen Quellen sprudelten.

Die unheimliche Nähe der jetzt niedriger erscheinenden Bergkuppen wurde wahrhaft atemberaubend. Sie waren steiler und zerklüfteter, als ich mir nach den Erzählungen vorgestellt hatte, und hatten nichts mit der nüchternen, sachlichen Welt, die uns vertraut ist, gemeinsam. Die dichten, undurchdringlichen Wälder auf diesen unzugänglichen Abhängen schienen fremdartige, nie geahnte Dinge zu bergen, und ich spürte, daß schon die bloßen Umrisse dieser Berge eine seltsame, längst vergessene Bedeutung hatten, so als wären sie riesige Hieroglyphen, zurückgelassen von einer sagenhaften Titanenrasse, die nur noch in seltenen, tiefen Träumen weiterlebte. Alle Sagen der Vergangenheit, und all die bestürzenden Andeutungen in Henry Akeleys Briefen und Beweisstücken, stiegen aus meinem Gedächtnis auf und verstärkten noch das Gefühl wachsender Spannung und Bedrohung. Der Zweck meines Besuches, und all die fürchterlichen Abnormitäten, die er forderte, kamen mir plötzlich mit einer Eiseskälte zum Bewußtsein, die meine Begeisterung für das Herumstöbern in geheimnisvollen Dingen fast erstarren ließ.

Mein Begleiter mußte gespürt haben, wie verwirrt ich war; denn als die Straße wilder und unregelmäßiger, und unsere Fahrt langsamer und holpriger wurde, entwikkelte sich aus seinen gelegentlichen freundlichen Bemerkungen ein zusammenhängender Vortrag. Er sprach von der unheimlichen Schönheit dieses Landes und ließ eine gewisse Vertrautheit mit den Volkskunde-Studien meines Gastgebers erkennen. Seinen höflichen Fragen konnte ich entnehmen, daß er den wissenschaftlichen Zweck meines Besuches kannte und erfahren hatte, daß ich Unterlagen von einiger Bedeutung mitbrachte; aber er ließ in keiner Weise erkennen, daß ihm die Tiefe und Schrecklichkeit des Wissens bewußt war, zu dem Akeley schließlich gelangt war. Er gab sich so gutgelaunt, normal und weltmännisch, daß seine Ausführungen mich hätten beruhigen und ermutigen müssen; aber seltsamerweise wuchs mein Unbehagen nur noch mehr, während wir rumpelnd und in ständig wechselnden Richtungen weiter in die unerforschte Wildnis der Berge und Wälder hineinfuhren. Ab und zu hatte ich den Eindruck, daß er mich darüber aushorchen wollte, was ich von den monströsen Geheimnissen dieser Gegend wußte, und mit jeder seiner Äußerungen verstärkte sich diese undeutliche, irritierende Bekanntheit seiner Stimme. Es war keine normale, gesunde Vertrautheit, trotz des durchaus natürlichen und kultivierten Klanges seiner Stimme. Irgendwie brachte ich sie mit vergessenen Alpträumen in Verbindung, und ich fühlte, daß ich meinen Verstand verlieren könnte, sobald ich sie wiedererkannte. Hätte ich irgendeine plausible Erklärung gefunden, ich glaube, ich hätte auf meinen Besuch verzichtet. Aber wie die Dinge lagen, konnte ich das kaum tun – und ich tröstete mich damit, daß eine sachliche, wissenschaftliche Unterhaltung mit Akeley selbst mir nach meiner Ankunft sehr helfen würde, meine Selbstsicherheit wiederzugewinnen.

Überdies war ein seltsam beruhigendes Element kosmischer Schönheit in der hypnotischen Landschaft, durch die wir uns in phantastischem Auf und Ab bewegten. Die Zeit war in den Labyrinthen, die hinter uns lagen, verlorengegangen, und rings um uns breiteten sich nur die blühenden Wellen wunderbaren Feenzaubers und die wiedergewonnene Lieblichkeit entschwundener Jahrhunderte aus. Die ehrwürdigen Haine, die makellosen Weiden, eingefaßt von leuchtenden Herbstblüten, und in weiten Abständen die kleinen braunen Gehöfte, die sich inmitten riesiger Bäume an den Boden schmiegten, unter steilen Abhängen voll duftenden Dornbüschen und saftigem Wiesengras. Sogar das Sonnenlicht nahm einen überirdischen Glanz an, als ob eine besondere Atmosphäre oder Strahlung die ganze Gegend einhüllte. Ich hatte dergleichen nie zuvor gesehen, außer in den magischen Veduten, die manchmal bei frühen italienischen Meistern im Bildhintergrund zu sehen sind. Sodoma und Leonardo erdachten solche weiträumigen Landschaften, die man jedoch nur in der Ferne und durch geschwungene Renaissance-Arkaden sieht. Wir dagegen bahnten uns jetzt leibhaftig unseren Weg mitten durch das Bild, und ich glaubte, in seinem beschwörenden Zauber etwas zu entdecken, daß ich von Geburt an gekannt oder ererbt und wonach ich immer vergeblich gesucht hatte.

Unvermittelt, nachdem wir am Ende eines steilen Anstiegs eine leichte Biegung durchfahren hatten, kam der Wagen zum Stillstand. Zu meiner Linken erhob sich hinter einem gepflegten Rasen, der sich bis an die Straße erstreckte und mit einer weißgetünchten Mauer prunkte, ein zweieinhalbstöckiges Haus von für diese Gegend ungewöhnlicher Größe und Eleganz. Nach hinten und rechts schloß sich eine Reihe von angebauten oder durch Bogengänge verbundenen Scheunen und Schuppen sowie eine Windmühle an. Ich erkannte das Haus sofort nach dem Schnappschuß, den ich bekommen hatte, und war nicht überrascht, den Namen Henry Akeley auf dem Briefkasten aus galvanisiertem Eisen vorne an der Straße zu lesen. Hinter dem Haus erstreckte sich ein ziemlich großes, sumpfiges und kaum bewaldetes Grundstück, an dessen jenseitigem Rand ein steiler, dichtbewaldeter Abhang aufstieg, der in einem zerklüfteten Kamm endete. Das, so wußte ich, war der Gipfel des Dunklen Berges, und wir mußten die Hälfte des Weges dorthin schon überwunden haben. Noyes stieg aus, nahm meinen Koffer und bat mich zu warten, während er hineingehen und Akeley von meiner Ankunft unterrichten würde. Er selbst, so fügte er hinzu, müsse dringend geschäftlich fort und könne sich nur einen Moment lang aufhalten. Während er rasch auf das Haus zuging, stieg ich auch aus, um mir ein wenig die Beine zu vertreten, bevor ich mich zu einer längeren Unterhaltung wieder hinsetzen würde. Das Gefühl der Nervosität und der Spannung hatte wieder einen Höhepunkt erreicht, jetzt da ich auf dem tatsächlichen Schauplatz der fürchterlichen Belagerung war, die Akeley in seinen Briefen so eindringlich beschrieben hatte, und ich fürchtete mich regelrecht vor den bevorstehenden Gesprächen, die mich mit so fremdartigen und verbotenen Welten bekanntmachen sollten.

Enge Berührung mit dem absolut Phantastischen ist oft eher furchterregend als begeisternd, und es heiterte mich nicht auf, wenn ich daran dachte, daß genau dieses Stück staubiger Straße die Stelle war, wo diese unheimlichen Spuren und dieser stinkende grüne Saft nach mondlosen Nächten der Angst und des Todes gefunden worden waren. Nebenbei fiel mir auf, daß offenbar keiner von Akeleys Hunden in der Nähe war. Hatte er sie gleich alle verkauft, als die Außerirdischen mit ihm Frieden geschlossen hatten? So sehr ich mich auch bemühte, ich konnte nicht dasselbe Vertrauen in die Echtheit und Aufrichtigkeit dieses Friedens setzen, das aus Akeleys letztem, so seltsam andersartigen Brief gesprochen hatte. Letzten Endes war er ein recht einfacher und wenig welterfahrener Mann. Gab es vielleicht irgendeine tiefe, unheilvolle Unterströmung unter der Oberfläche dieses neuen Paktes?

Meinen Gedanken folgend, senkte sich mein Blick zu der staubigen Straßenoberfläche hinab, auf der Akeley so schreckliche Zeichen entdeckt hatte. Die letzten Tage war trockenes Wetter gewesen, und alle Arten von Spuren durchzogen die ausgefahrene, holprige Straße, die sich doch in einer so abgelegenen Gegend befand. Mit leichter Neugier begann ich die Umrisse einiger der verschiedenartigen Abdrücke zu studieren, während ich versuchte, die verschwommen gruseligen Vorstellungen zu unterdrücken, die dieser Ort und alles, was ich von ihm wußte, in mir weckten. Es war etwas Bedrohendes und Beunruhigendes in dieser Grabesstille, in dem gedämpften, fast unhörbaren Murmeln ferner Bäche und den dichten grünen Gipfeln und dunkel bewaldeten Abstürzen, die den Horizont einengten. Und dann kam mir schlagartig die Erinnerung an ein Bild, die diese verschwommenen Vorstellungen tatsächlich harmlos und unbedeutend erscheinen ließ. Ich sagte, ich hätte mir die unterschiedlichen Abdrücke auf der Straße mit beiläufiger Neugier angesehen – aber mit einem Schlag wurde diese Neugier in einem plötzlichen, lähmenden Ansturm tiefsten Entsetzens erstickt. Denn obgleich die Spuren im Staub undeutlich waren und sich überschnitten, so daß sie kaum die Aufmerksamkeit eines uninteressierten Betrachters auf sich gezogen hätten, hatte mein rastloser Blick bestimmte Einzelheiten an der Stelle entdeckt, wo der Weg, der zum Haus führte, von der Straße abzweigte; und ich hatte jenseits aller Zweifel und Hoffnungen die fürchterliche Bedeutung dieser Einzelheiten erkannt. So war es leider nicht vergeblich gewesen, daß ich mich stundenlang in die Betrachtung der Kodak-Bilder von den Klauenabdrücken der Außerirdischen vertieft hatte, die Akeley mir geschickt hatte. Allzu gut kannte ich die Spuren dieser widerwärtigen Scheren und die unbestimmbare Richtung dieser Abdrücke, die jene Schreckgestalten als Kreaturen kennzeichneten, die nicht auf diesem Planeten zu Hause sind. Es gab keine Hoffnung, daß das Ganze sich erlösend als ein Irrtum herausstellen würde. Hier vor meinen Augen, unbezweifelbar wirklich und höchstens ein paar Stunden alt, waren mindestens drei Abdrücke, die sich auf gräßliche Art von der überraschenden Fülle anderer Fußspuren abhoben, die zu Akeleys Bauernhaus und von ihm weg führten. *Es waren die teuflischen Spuren der lebenden Schwämme vom Planeten Yuggoth.*

Es gelang mir gerade noch rechtzeitig, einen Schrei zu unterdrücken. Was konnte ich schließlich anderes erwarten, wenn ich Akeleys Briefen wirklich Glauben geschenkt hatte? Er hatte davon gesprochen, mit diesen

Wesen Frieden schließen zu wollen. Warum war es dann seltsam, daß einige von ihnen in seinem Haus gewesen waren? Aber der Schreck war stärker als diese Versuche, mich selbst zu beruhigen. Kann man von irgendeinem Menschen erwarten, daß er ungerührt bleibt, wenn er zum ersten Mal die Klauenspuren lebendiger Wesen aus fernen Tiefen des Alls zu Gesicht bekommt? In diesem Augenblick sah ich Noyes in der Tür auftauchen und rasch auf mich zukommen. Ich mußte, so überlegte ich, mich wieder in die Gewalt bekommen, denn wahrscheinlich wußte dieser liebenswürdige Freund nichts von Akeleys tiefsten und erstaunlichsten Vorstößen in verbotene Gebiete.

Akeley, so beeilte sich Noyes mir mitzuteilen, sei sehr erfreut und bereit, mich zu empfangen; allerdings würde sein plötzlicher Asthma-Anfall ihn für ein oder zwei Tage daran hindern, ein vorbildlicher Gastgeber zu sein. Diese Anfälle machten ihm sehr zu schaffen, sooft er sie bekäme, und seien stets von auszehrendem Fieber und allgemeiner Schwäche begleitet. Es sei nicht viel mit ihm anzufangen, solange sie anhielten – er könne nur flüsternd sprechen und sich nur unbeholfen und zittrig bewegen. Auch schwöllen seine Füße und seine Knöchel an, so daß er sie wie ein gichtkranker Palastwächter mit Bandagen umwickeln müsse. Heute gehe es ihm ziemlich schlecht, so daß ich mich weitgehend selbst zurechtfinden müsse; er lege aber trotzdem großen Wert darauf, sich mit mir zu unterhalten. Ich würde ihn im Arbeitszimmer von der Eingangsdiele aus links finden – in dem Zimmer, dessen Fensterläden geschlossen waren. Er müsse sich, wenn er krank sei, vor Sonnenlicht schützen, denn seine Augen seien sehr empfindlich. Als Noyes mir

Lebewohl gesagt und mit seinem Wagen in nördlicher Richtung davongefahren war, ging ich langsam auf das Haus zu. Die Tür stand einladend offen; aber bevor ich hineinging, ließ ich meinen suchenden Blick über das ganze Anwesen gleiten und versuchte herauszubekommen, was mir an ihm als so ganz ungewöhnlich aufgefallen war. Die Scheunen und Schuppen sahen ordentlich und völlig normal aus, und ich bemerkte Akeleys klapprigen Ford in einem geräumigen, offenen Unterstand. Und dann fand ich des Rätsels Lösung. Es war die vollkommene Stille. Normalerweise bemerkt man auf jedem Bauernhof zumindest eine gedämpfte Geräuschkulisse aus den Stimmen der Tiere, die dort gehalten werden, aber hier fehlte jedes Lebenszeichen. Was war mit den Hühnern und den Schweinen? Die Kühe, deren Akeley, wie er mir geschrieben hatte, einige besaß, mochten auf der Weide sein, und die Hunde konnten verkauft worden sein; aber daß keinerlei Gegrunze oder Gegacker zu hören war, überraschte mich wirklich.

Ich blieb nicht lange auf dem Weg stehen, sondern ging entschlossen durch die offene Haustür und zog sie hinter mir zu. Es hatte mich eine ausgesprochene Willensanstrengung gekostet, das zu tun, und als ich jetzt drinnen stand, hatte ich einen Augenblick lang den Wunsch, Hals über Kopf den Rückzug anzutreten. Dabei sah der Raum, in dem ich mich befand, keineswegs unheimlich aus; im Gegenteil, ich fand die elegante, spätkoloniale Diele sehr einladend und geschmackvoll und bewunderte den Lebensstil des Mannes, der sie eingerichtet hatte. Was mich beinahe zur Flucht getrieben hätte, war ein schwaches, undefinierbares Gefühl. Vielleicht war es der seltsame Geruch, den ich wahrzunehmen meinte – obgleich ich genau wußte, wie häufig modrige Gerüche sogar in den besten alten Bauernhäusern anzutreffen sind.

VII

Ich ließ mich nicht von diesen undeutlichen Anwandlungen übermannen, sondern erinnerte mich an Noyes' Schilderung und öffnete die in sechs Felder eingeteilte, messingbeschlagene weiße Tür zu meiner Linken. Das Zimmer dahinter war verdunkelt, was ich ja schon vorher gewußt hatte; und als ich eintrat, fiel mir auf, daß der seltsame Geruch hier noch stärker war. Ebenso schien die Luft von schwachen, kaum wahrnehmbaren rhythmischen Schwingungen erfüllt. Einen Augenblick lang sah ich wegen der geschlossenen Fensterläden fast nichts, aber dann lenkte ein entschuldigendes Hüsteln oder Flüstern meine Aufmerksamkeit auf einen großen Sessel in der äußersten, dunkelsten Ecke des Zimmers. Inmitten der tiefen Schatten sah ich als helle Flecken Gesicht und Hände eines Mannes; und im nächsten Augenblick war ich hinübergegangen, um die Gestalt zu begrüßen, die zu sprechen versucht hatte. Obwohl das Licht sehr schwach war, erkannte ich, daß dies tatsächlich mein Gastgeber war. Ich hatte das Photo mehrmals genau betrachtet und es konnte keinen Zweifel über dieses feste, vom Wetter gegerbte Gesicht mit dem gestutzten, ergrauten Bart geben.

Aber als ich genauer hinsah, mischten sich Trauer und Besorgnis in meine Freude; denn dieses Gesicht war zweifellos das eines kranken Mannes. Ich spürte, daß nicht nur das Asthma schuld sein konnte an diesem gequälten, starren, unbeweglichen Ausdruck und dem unverwandt glasigen Blick; und ich erkannte, wie verhängnisvoll der Druck seiner schrecklichen Erlebnisse sich auf ihn ausgewirkt haben mußte. War er nicht stark genug gewesen, um jeden Menschen zu brechen – sogar einen jüngeren als diesen unerschrockenen Erforscher des Geheimnisvollen? Die seltsame und plötzliche Erleichterung, so fürchtete ich, war zu spät gekommen, um ihn vor einem allgemeinen Zusammenbruch zu bewahren. Es war erbarmungswürdig anzusehen, wie schlaff und leblos seine Hände in seinem Schoß ruhten. Er trug einen lockeren Morgenrock, und seinen Kopf und seinen Hals umhüllte kapuzenartig ein gelbes Halstuch. Und dann sah ich, daß er mit mir in jenem hüstelnden Flüstern zu sprechen versuchte, mit dem er mich begrüßt hatte. Dieses Flüstern war anfangs kaum zu verstehen, weil der graue Schnurrbart die Bewegungen der Lippen nicht erkennen ließ und irgend etwas an seinem Klang mich zutiefst verwirrte; aber indem ich meine ganze Aufmerksamkeit darauf konzentrierte, konnte ich es bald erstaunlich gut verstehen. Der Akzent war keineswegs ländlich, und die Sprache war sogar noch gepflegter, als ich nach den Briefen erwartet hatte.

»Mr. Wilmarth, nehme ich an? Sie müssen entschuldigen, daß ich nicht aufstehe. Ich bin ziemlich krank, wie Mr. Noyes Ihnen sicher schon gesagt hat; ich wollte aber trotzdem nicht darauf verzichten, Sie kommen zu lassen. Sie wissen, was ich in meinem Brief geschrieben habe – ich muß Ihnen soviel erzählen, morgen, wenn es mir wieder besser geht. Ich kann Ihnen nicht sagen, wie ich mich freue, Sie persönlich zu sehen, nach all unseren vielen Briefen. Sie haben den Ordner natürlich bei sich? Und die Kodak-Bilder und die Aufnahme? Noyes hat ihren Koffer in die Diele gestellt – ich nehme an, Sie haben es bemerkt. Es tut mir leid, aber heute Nacht werden Sie sich weitgehend alleine behelfen müssen. Ihr Zimmer ist oben – genau über diesem hier – und Sie werden die Badezimmertür am oberen Ende der Treppe offen finden. Im Speisezimmer ist eine Mahlzeit für Sie angerichtet, die Sie zu sich nehmen können, wann immer Sie Lust dazu verspüren. Morgen werde ich ein besserer Gastgeber sein – aber im Augenblick bin ich völlig hilflos vor Schwäche.

Fühlen Sie sich wie zu Hause – Sie könnten die Briefe, die Bilder und die Aufnahme herausholen und hier auf den Tisch legen, bevor Sie mit Ihrem Koffer hinaufgehen. Wir werden hier darüber sprechen – Sie sehen meinen Phonographen dort auf dem Ecktischchen.

Nein danke – Sie können nichts für mich tun. Ich habe diese Anfälle schon seit Jahren. Kommen Sie einfach zu einem kurzen, stillen Besuch wieder, bevor es Nacht wird, und gehen Sie dann zu Bett, sobald Sie möchten. Ich werde mich hier ausruhen – vielleicht auch die ganze Nacht hier schlafen, was ich oft tue. Am Morgen werde ich weitaus besser imstande sein, mich den Dingen zu widmen, denen wir uns widmen müssen. Sie sind sich natürlich darüber im klaren, wie einzigartig und erstaunlich unser Thema ist. Wie nur ganz wenigen anderen Menschen dieser Erde werden sich uns Abgründe der Zeit, des Raums und des Wissens auftun, die völlig außerhalb menschlicher Wissenschaft oder Philosophie liegen.

Wußten Sie, daß Einstein nicht recht hat, und daß bestimmte Objekte und Kräfte sich *doch* mit einer Geschwindigkeit bewegen können, die größer ist als die Lichtgeschwindigkeit? Mit der nötigen Hilfe hoffe ich, allmählich in der Zeit vorwärts und rückwärts gehen und die Erde wirklich *sehen und fühlen* zu können, so wie sie vor langer Zeit war und wie sie in ferner Zukunft sein wird. Sie können sich nicht vorstellen, bis zu welchem Stand diese Wesen die Wissenschaft vorangetrieben haben. Es gibt nichts, was sie nicht mit dem Geist und dem Körper lebendiger Organismen machen könnten. Ich erwarte, andere Planeten und sogar andere Sterne und Milchstraßen besuchen zu können. Die erste Reise wird mich auf den Yuggoth bringen, die nächste ganz von Lebewesen bewohnte Welt. Er ist eine seltsame, dunkle Kugel am äußersten Rand unseres Sonnensystems – den irdischen Astronomen bis jetzt noch unbekannt. Aber das habe ich Ihnen sicherlich schon geschrieben. Zu gegebener Zeit werden die Wesen dort Denkströme in unsere Richtung lenken und damit die Entdeckung Yuggoths herbeiführen – oder vielleicht werden sie einen ihrer menschlichen Verbündeten beauftragen, den Wissenschaftlern einen Wink zu geben.

Es gibt gewaltige Städte auf dem Yuggoth – lange Reihen terrassenförmig aufsteigender Türme aus schwarzen Steinen, genau wie der, den ich Ihnen schikken wollte. Dieser Stein kam von Yuggoth. Die Sonne scheint dort nicht heller als ein Stern, aber diese Wesen brauchen kein Licht. Sie haben andere, feine Sinnesorgane und bauen in ihre Häuser und Tempel keine Fenster ein. Das Licht verletzt, behindert und verwirrt sie sogar, denn es existiert überhaupt nicht in dem schwarzen Kosmos jenseits von Raum und Zeit, aus dem sie ursprünglich stammen. Yuggoth zu besuchen, würde jeden schwächeren Mann um seinen Verstand bringen, aber ich werde hingehen. Die schwarzen Flüsse voller Pech, die unter geheimnisvollen, zyklopischen Brücken durchfließen – Bauwerke einer älteren Rasse, die ausgestorben und vergessen war, bevor die Wesen aus den äußersten leeren Räumen auf den Yuggoth kamen, müßten allein schon aus jedem beliebigen Menschen einen Dante oder Poe machen, wenn er lange genug bei Verstand bliebe, um zu berichten, was er sah.

Aber wohlgemerkt, diese dunkle Welt schwammiger Gärten und fensterloser Städte hat in Wirklichkeit nichts Schreckliches. Nur uns will es so scheinen. Wahrscheinlich kam unsere Welt diesen Wesen genauso schrecklich vor, als sie sie vor Urzeiten zum erstenmal erforschten. Wie Sie wissen, waren sie schon hier, lange bevor die mythische Epoche des Cthulhu zu Ende war, und sie wissen noch alles über das versunkene R'lyeh, als es noch über den Wassern lag. Sie sind auch schon im Erdinnern gewesen – es gibt Öffnungen, von denen menschliche Wesen nichts wissen, einige davon genau hier in diesen Vermonter Bergen, und dort unten sind große Welten unbekannten Lebens; das blauerleuchtete K'nyan, das roterleuchtete Yoth, und das schwarze, lichtlose N'kai. Und aus N'kai kam jener fürchterliche Tsathoggua – Sie erinnern sich, die formlose, krötenartige Gottheit, die in den *Pnakotischen Manuskripten* und im *Necronomicon* und im Mythenkreis Commoriom erwähnt wird, den der atlantische Hohepriester Klarkash-Ton hütet. Aber wir werden über all das später noch sprechen. Es muß schon vier oder fünf Uhr sein. Bringen Sie jetzt lieber die Sachen aus Ihrem Koffer, essen Sie einen Happen und kommen Sie dann auf einen gemütlichen Schwatz zurück.«

Sehr langsam wandte ich mich um und tat, wie mein Gastgeber mir geheißen hatte; ich holte meinen Koffer, nahm die gewünschten Sachen heraus und legte sie hin und ging schließlich in das Zimmer hinauf, das mir zugewiesen worden war. Mit der Erinnerung an die Klauenabdrücke auf der Straße noch frisch im Gedächtnis, hatten mich Akeleys geflüsterte Ausführungen sonderbar berührt; und die Hinweise auf die Vertrautheit mit dieser unbekannten Welt schwammigen Lebens – auf dem verbotenen Yuggoth – ließen mich stärker schaudern, als mir lieb war. Es tat mir unendlich leid, daß Akeley so krank war, aber ich mußte mir gestehen, daß sein krächzendes Geflüster ebenso abstoßend wie mitleiderregend war. Wenn er nur nicht mit so übertriebener Verehrung von Yuggoth und seinen schwarzen Geheimnissen gesprochen hätte!

Mein Zimmer erwies sich als sehr gemütlich und gut eingerichtet, und ich konnte hier weder den modrigen Geruch noch die Luftschwingungen wahrnehmen; ich ließ den Koffer im Zimmer und ging hinunter, um mich bei Akeley zu bedanken und das Mahl einzunehmen, das er für mich vorbereitet hatte. Das Speisezimmer lag dem Arbeitszimmer genau gegenüber, und ich sah, daß die Wirtschaftsräume sich noch weiter in derselben Richtung erstreckten. Auf dem Eßtisch erwartete mich ein reichliches Angebot an Sandwiches, Kuchen und Käse, und eine Thermosflasche neben einer Tasse auf einer Untertasse ließ darauf schließen, daß auch heißer Kaffee nicht vergessen worden war. Ich ließ es mir schmecken, und als ich satt war, goß ich mir eine ordentliche Tasse Kaffee ein, mußte jedoch feststellen, daß die kulinarische Qualität in diesem einen Punkt zu wünschen übrigließ. Beim ersten Schluck bemerkte ich einen leicht scharfen, unangenehmen Beigeschmack, so daß ich es vorzog, nicht weiterzutrinken. Während des Essens dachte ich ständig an Akeley, der still in seinem Sessel in dem verdunkelten Zimmer gegenüber saß. Einmal ging ich hinüber, um ihn zu bitten, das Mahl mit mir zu teilen, aber er sagte flüsternd, er könne vorerst noch nichts essen. Später, kurz vor dem Einschlafen, würde er ein wenig Malzmilch trinken – das sei alles, was er an diesem Tag zu sich nehmen könne.

Nach dem Essen bestand ich darauf, das Geschirr abzuräumen und im Spülstein in der Küche abzuwaschen – wobei ich auch den Kaffee wegschüttete, der mir nicht geschmeckt hatte. Dann kehrte ich in das verdunkelte Arbeitszimmer zurück, zog mir einen Stuhl in die Ecke meines Gastgebers und bereitete mich darauf vor, mit ihm über alle Themen zu diskutieren, die er sich vorgenommen hatte. Die Briefe, die Bilder und die Aufnahme lagen noch auf dem großen Mitteltisch, aber fürs erste brauchten wir nicht darauf zurückzugreifen. Schon bald vergaß ich den unangenehmen Geruch und die seltsamen Vibrationen.

Ich habe gesagt, daß in einigen von Akeleys Briefen – besonders in dem zweiten, umfangreichsten – Dinge standen, die ich nicht zu zitieren oder gar schriftlich niederzulegen wagen würde. Noch viel berechtigter sind diese Bedenken im Hinblick auf die Dinge, die ich an jenem Abend in dem abgedunkelten Zimmer inmitten der einsamen, verwunschenen Berge von einem flüsternden Erzähler erfuhr. Das wahre Ausmaß der Schrecknisse, die diese krächzende Stimme vor mir ausbreitete, kann ich nicht einmal andeuten. Er hatte schon vorher schreckliche Dinge gewußt, aber was er dazugelernt hatte, seit er den Pakt mit den außerirdischen Wesen geschlossen hatte, konnte man kaum ertragen, ohne den

Verstand zu verlieren. Auch heute weigere ich mich noch entschieden, an das zu glauben, was er über die Beschaffenheit der letzten Unendlichkeit durchblicken ließ, über die Juxtaposition der Dimensionen, über die erschrekkende Position unseres bekannten Kosmos' von Zeit und Raum innerhalb der endlosen Kette miteinander verbundener Kosmos-Atome, die den unmittelbaren Super-Kosmos von Kurven, Winkeln und von materieller und halb-materieller, elektronischer Beschaffenheit bilden.

Nie zuvor war ein geistig gesunder Mensch den innersten Geheimnissen des Seins an sich so gefährlich nahegekommen – nie war ein organisches Gehirn der absoluten Vernichtung in dem Chaos, das Form und Kraft und Symmetrie transzendiert, näher gewesen. Ich erfuhr, woher Cthulhu *ursprünglich* gekommen war, und warum die Hälfte der großen vergänglichen Sterne der Geschichte aufgeflammt waren. Ich erahnte – aus Andeutungen, bei denen sogar mein Lehrmeister furchtsam zögerte – das Geheimnis der Magellanschen Wolken und der Globulen und die finstere Wahrheit, die sich hinter den uralten Allegorien des Tao verbirgt. Die Natur der Doelen wurde offenbar und ich erfuhr die Bedeutung (wenn auch nicht den Ursprung) der Hunde des Tindalos. Die Legende von Yig, dem Vater der Schlangen, war mir kein Rätsel mehr, und Schaudern ergriff mich, als ich von dem nuklearen Chaos jenseits des geordneten Alls erfuhr, welches das Necronomicon verharmlosend in den Namen Azathoth gekleidet hat. Es war erschrekkend, die abscheulichsten Greuel geheimer Mythen in konkreten Begriffen erklärt zu sehen, deren unverhohlene morbide Abscheulichkeit selbst die schlimmsten Andeutungen antiker und mittelalterlicher Mystik übertraf. Unausweichlich mußte ich zu dem Glauben kommen, daß die ersten, die diese verdammenswerten Geschichten flüsternd weitererzählt hatten, Verbindung mit Akeleys Außerirdischen gehabt und vielleicht sogar ferne kosmische Reiche besucht haben mußten, wie sie Akeley jetzt besuchen wollte.

Ich erfuhr von dem Schwarzen Stein und seiner Bedeutung und war froh, daß er nicht bei mir eingetroffen war. Meine Vermutungen über die Hieroglyphen waren nur allzu richtig gewesen! Und doch schien Akeley jetzt mit dem ganzen höllischen System einverstanden, auf das er gestoßen war; einverstanden und begierig, weiter in diesen scheußlichen Abgrund vorzudringen. Ich fragte mich, mit was für Wesen er gesprochen hatte seit seinem letzten Brief, und ob viele von ihnen so menschlich gewesen waren wie jener erste Abgesandte, den er erwähnt hatte. Der Druck in meinem Kopf wurde unerträglich, und ich hegte die abstrusesten Vermutungen über diesen seltsamen hartnäckigen Geruch und die irritierenden Schwingungen in dem abgedunkelten Raum.

Es wurde allmählich Nacht, und als mir einfiel, was Akeley mir über die früheren Nächte geschrieben hatte, schauderte ich bei dem Gedanken, daß der Mond nicht scheinen würde. Auch gefiel es mir gar nicht, wie das Haus sich an diesen gewaltigen bewaldeten Abhang schmiegte, der zu dem nie von Menschen betretenen Gipfel des Dunklen Berges hinaufführte. Mit Akeleys Zustimmung zündete ich eine kleine Petroleumlampe an, drehte die Flamme klein und stellte sie in ein Bücherregal mit der geisterhaften Büste Miltons auf der anderen Seite des Zimmers; aber gleich darauf tat es mir leid, denn das fahle Licht ließ das überanstrengte, unbewegliche Gesicht und die schlaffen Hände meines Gastgebers erschreckend unnatürlich und leichenblaß erscheinen. Er schien praktisch bewegungsunfähig zu sein, obwohl ich ihn ab und zu steif nicken sah.

Nach allem, was er erzählt hatte, konnte ich mir kaum vorstellen, welche noch tieferen Geheimnisse er sich für den nächsten Tag aufsparte; aber es stellte sich schließlich heraus, daß seine Reise zum Planeten Yuggoth und darüber hinaus – *und meine eventuelle Teilnahme an dieser Reise* – das Thema für den nächsten Tag sein würde. Es muß ihn belustigt haben, wie entsetzt ich abwehrte, als er mir eine solche kosmische Reise vorschlug, denn sein Kopf wackelte heftig, als ich meine Furcht bekannte. Danach sprach er sehr freundlich davon, wie es Menschen gelingen könne – und mehrmals gelungen sei – den scheinbar unmöglichen Flug durch den interstellaren Raum zu bewerkstelligen. *Es schien, daß unversehrte menschliche Körper die Reise tatsächlich nicht machen könnten,* daß aber die Außerirdischen mit ihren phantastischen chirurgischen, biologischen, chemischen und mechanischen Fertigkeiten einen Weg gefunden hatten, menschliche Gehirne ohne die dazugehörige körperliche Hülle fortzubringen.

Es gebe eine unschädliche Methode, ein Gehirn herauszulösen und den übrigen Körper währenddessen am Leben zu erhalten. Die reine, kompakte Gehirnmasse würde dann in eine gelegentlich erneuerte Flüssigkeit in einen luftdicht verschlossenen Behälter aus einem Metall gelegt, das auf dem Yuggoth gewonnen würde, wobei mit Hilfe bestimmter Arten von Elektroden das Gehirn an komplizierte Instrumente angeschlossen werden könne, mit denen die drei entscheidenden Fähigkeiten des Sehens, Hörens und Sprechens reproduziert werden könnten. Für die geflügelten Schwammwesen sei es ein leichtes, die Gehirnbehälter unversehrt durch das All zu transportieren. Weiter hätten sie auf jedem von ihrer Zivilisation erschlossenen Planeten genügend Reproduktions-Instrumente, die an die konservierten Gehirne angeschlossen werden könnten, so daß nach geringfügigen Anpassungen diese beweglichen Gehirne auf allen Stationen ihrer Reise durch das Raum-Zeit-Kontinuum – und darüber hinaus – zu einem mit allen Sinnen und mit vollem Sprechvermögen ausgestatteten – wenn auch körperlosen, mechanischen – Leben erweckt werden könnten. Es sei so einfach, wie wenn man eine phonographische Aufnahme mit sich herumtrage und überall abspiele, wo ein dazu passendes Abspielgerät vorhanden sei. Über den Erfolg gebe es keine Zweifel. Er selbst habe keine Angst. Sei es nicht immer wieder erfolgreich praktiziert worden?

Zum ersten Mal hob sich eine der schlaffen, unbenützten Hände und zeigte steif auf ein hohes Bord am anderen Ende des Zimmers. Dort standen fein säuberlich aufgereiht über ein Dutzend Zylinder aus einem Metall, das ich nie zuvor gesehen hatte – jeder von ihnen ungefähr einen Fuß hoch und mit einem etwas kleineren Durchmesser, mit drei sonderbaren Steckdosen, die in Form eines gleichseitigen Dreiecks auf der konvexen Vorderseite angeordnet waren. Einer dieser Zylinder war mit zweien seiner Steckdosen an zwei merkwürdige Maschinen angeschlossen, die im Hintergrund standen. Über ihren Zweck brauchte ich jetzt nicht mehr aufgeklärt zu werden, und ich schauderte wie im Fieber. Dann sah ich die Hand auf eine viel nähere Ecke zeigen, wo ein paar komplizierte, mit Kabeln und Steckern versehene Instrumente beisammenstanden, von denen manche fast genauso aussahen wie die zwei Apparate im Hintergrund.

»Sie sehen hier vier Arten von Instrumenten, Wilmarth«, flüsterte die Stimme. »Vier Arten, jede mit drei Funktionen, macht insgesamt zwölf Einheiten. Sehen Sie, in den Zylindern dort oben sind vier verschiedene Arten von Lebewesen vertreten. Drei Menschen, sechs Schwammwesen, die nicht körperlich durch das All fliegen können, zwei Wesen vom Neptun (Gott, wenn Sie sehen könnten, welche Art Körper sie auf ihrem eigenen Planeten haben!), der Rest Wesen aus den zentralen Höhlen eines hochinteressanten dunklen Sterns jenseits der Milchstraße. In dem Hauptstützpunkt im Innern des Runden Berges befinden sich bisweilen noch andere Zylinder und Maschinen – Zylinder mit außerkosmischen Gehirnen, die mit ganz anderen Sinnen als wir ausgestattet sind – Verbündete und Forscher aus dem fernsten All – und besondere Maschinen, mit deren Hilfe sie Eindrücke empfangen und sich ausdrücken können, und zwar so, wie es sowohl ihnen selbst als auch dem Auffassungsvermögen verschiedener Arten von Zuhörern entspricht. Der Runde Berg ist, wie die meisten Vorposten der Außerirdischen überall in den verschiedenen Universen, ein sehr kosmopolitischer Ort. Natürlich wurden mir nur die häufigsten Arten für meine Experimente zur Verfügung gestellt.

Hier, nehmen Sie die drei Maschinen, auf die ich zeige, und stellen Sie sie auf den Tisch. Diese große mit den zwei gläsernen Linsen auf der Vorderseite – dann die

Schachtel mit den Vakuumröhren und dem Tonbrett – und jetzt noch die mit der Metallscheibe oben drauf. Jetzt zu dem Zylinder mit dem aufgeklebten Schild »B-67«. Stellen Sie sich ruhig auf diesen Windsor-Stuhl, um das Bord zu erreichen. Schwer? Machen Sie sich nichts draus! Aber vergewissern Sie sich, daß die Nummer stimmt – B-67. Kümmern Sie sich nicht um den neuen, glänzenden Zylinder, der an die zwei Testinstrumente angeschlossen ist und meinen Namen trägt. Stellen Sie B-67 auf den Tisch neben die Maschinen – und sehen nach, ob bei allen drei Maschinen der Wählhebel ganz nach links gedrückt ist.

Verbinden Sie jetzt das Kabel der Linsenmaschine mit der oberen Steckdose an dem Zylinder – ja dort! Schließen Sie die Röhrenmaschine an die linke untere Steckdose und den Scheiben-Apparat an die äußere Steckdose an. Stellen Sie jetzt die Wählhebel bei allen drei Maschinen ganz nach rechts – erst die mit der Linse, dann die mit der Scheibe und dann die mit den Röhren. So ist es richtig. Ich könnte Ihnen jetzt ebensogut sagen, dies sei ein menschliches Wesen – gerade so wie einer von uns. Ich werde Ihnen morgen eine Kostprobe von einigen der anderen geben.«

Bis heute verstehe ich nicht, warum ich diesen geflüsterten Befehlen so sklavisch gehorchte, und ob ich dachte, Akeley sei verrückt oder bei Sinnen. Nach dem, was vorausgegangen war, hätte ich auf alles gefaßt sein müssen, aber dieser technische Hokuspokus glich so vollkommen den Hirngespinsten verrückter Erfinder und Wissenschaftler, daß er Zweifel in mir erregte, die mir nicht einmal während des vorhergegangenen Gesprächs gekommen waren. Was der Flüsterer behauptete, war für einen Menschen völlig unglaublich – aber schienen nicht die anderen Dinge nur deshalb noch weiter hergeholt und noch absurder, weil sie noch weiter von der Möglichkeit sichtbarer, konkreter Beweisführung entfernt waren?

Während sich mir von all dem chaotischen Zeug die Sinne verwirrten, vernahm ich ein Durcheinander von kratzenden und surrenden Geräuschen – ein Kratzen und Surren, das bald leiser wurde und praktisch nicht mehr zu hören war. Was würde geschehen? Würde ich eine Stimme hören? Und wenn ja, welchen Beweis würde ich dafür haben, daß es nicht irgendein raffiniert erdachter Radioapparat war, in den ein versteckter, aber aufmerksamer Sprecher hineinsprach? Auch jetzt bin ich noch nicht bereit, zu beschwören, was ich eigentlich hörte oder was für ein Phänomen sich eigentlich vor meinen Augen vollzog. Aber irgend etwas schien sich tatsächlich zu vollziehen.

Um es kurz zu machen, die Maschine mit den Röhren und der Tonschachtel begann zu sprechen, mit einer Präzision und Verständlichkeit, die keinen Zweifel darüber aufkommen ließen, daß der Sprecher tatsächlich anwesend war und uns sehen konnte. Die Stimme war laut, metallisch, leblos und in jeder Einzelheit eindeutig mechanisch hervorgebracht. Sie war keiner Modulation und keines Ausdrucks fähig, sondern kratzte und rasselte mit tödlicher Präzision und Unbeirrbarkeit dahin.

»Mr. Wilmarth«, sagte sie, »ich hoffe, ich erschrecke Sie nicht. Ich bin ein menschliches Wesen wie Sie, obwohl mein Körper jetzt bei der gebührenden Vitalisierungs-Behandlung im Innern des Runden Berges ruht, ungefähr anderthalb Meilen östlich von hier. Ich selbst bin hier bei Ihnen – mein Gehirn ist in diesem Zylinder und ich sehe, höre und spreche durch diese elektronischen Vibratoren. In einer Woche werde ich wie schon oft zuvor eine Reise durch das All machen, und ich hoffe, Mr. Akeley wird mir die Freude machen, mich zu begleiten. Ich wünschte, Sie würden auch mitkommen; denn ich kenne Sie vom Sehen und vom Hörensagen und habe Ihre Korrespondenz mit Ihrem Freund aufmerksam verfolgt. Ich bin natürlich einer der Männer, die sich mit den außerirdischen Wesen verbündet haben, die auf unserem Planet zu Gast sind. Ich traf sie das erste Mal im Himalaya und habe ihnen auf manche Art geholfen. Als Gegenleistung verschafften Sie mir Erlebnisse, wie sie nur wenige Menschen je gekannt haben.

Verstehen Sie, was ich meine, wenn ich sage, ich sei auf siebenunddreißig verschiedenen Himmelskörpern gewesen – Planeten, dunklen Sternen und schwerer zu definierenden Objekten – darunter acht außerhalb unseres Milchstraßensystems und zwei außerhalb des gewölbten Kosmos von Raum und Zeit? All das hat mir nicht im geringsten geschadet. Mein Gehirn wurde aus meinem Körper herausgelöst, durch so geschickte Abspaltung, daß es taktlos wäre, die Operation chirurgisch zu nennen. Die Wesen, die hier zu Gast sind, haben Verfahren entwickelt, die diese Herauslösung leicht und beinahe normal erscheinen lassen – und der Körper altert nie, solange das Gehirn draußen ist. Lassen Sie mich hinzufügen, daß das Gehirn mit seinen mechanischen Funktionen bei sparsamer Ernährung durch die gelegentliche Erneuerung der Konservierungsflüssigkeit praktisch unsterblich ist.

Alles in allem hoffe ich von ganzem Herzen, daß Sie sich Mr. Akeley und mir anschließen werden. Die Gäste auf diesem Planeten sind sehr daran interessiert, Menschen von Ihrem Wissensstand kennenzulernen und ihnen die großen Abgründe zu zeigen, von denen die meisten von uns nur in kurioser Unwissenheit träumen können. Es mag anfangs seltsam erscheinen, mit ihnen zusammenzukommen, aber ich weiß, daß Sie über solch kleinlichen Bedenken stehen. Ich glaube, Mr. Noyes wird auch mitkommen – der Mann, der Sie zweifellos hierher gebracht hat. Er ist seit Jahren einer der Unsrigen – ich nehme an, Sie haben seine Stimme als eine von denen erkannt, die auf der Aufnahme zu hören sind, die Mr. Akeley Ihnen geschickt hatte.«

Als er bemerkte, daß ich entsetzt zusammenfuhr, schwieg der Sprecher einen Moment lang, bevor er weiterfuhr.

»Nun, Mr. Wilmarth, die Entscheidung liegt bei Ihnen; ich möchte nur noch hinzufügen, daß ein Mann mit Ihrer Vorliebe für das Okkulte und die Volkskunde eine Chance wie diese nicht verpassen sollte. Sie haben nichts zu befürchten. Alle Übergänge vollziehen sich schmerzlos, und es gibt in diesem mechanisierten Zustand der Empfindung viel, worüber man sich freuen kann. Wenn die Elektroden nicht angeschlossen sind, verfällt man einfach in einen von besonders lebhaften und phantastischen Träumen erfüllten Schlaf.

Und jetzt können wir, wenn es Ihnen nichts ausmacht, unsere Unterhaltung auf morgen vertagen. Gute Nacht – drehen Sie einfach alle Hebel wieder nach links; die Reihenfolge ist praktisch gleichgültig, aber Sie könnten vielleicht als letzte die Linsenmaschine ausschalten. Gute

Nacht, Mr. Akeley, seien Sie nett zu unserem Gast! Sind Sie jetzt so weit mit den Hebeln?«

Das war alles. Ich gehorchte mechanisch und schaltete alle drei Hebel aus, obwohl ich von allem, was passiert war, ganz benommen war. Der Kopf drehte sich mir immer noch, als ich hörte, wie Akeleys krächzende Stimme mir sagte, ich könne alle Apparate auf dem Tisch stehenlassen. Er versuchte nicht, irgendeine Erklärung abzugeben, und meine überanstrengten Sinne wären auch nicht in der Lage gewesen, eine solche Erklärung aufzunehmen. Ich hörte ihn sagen, ich könne die Lampe mit auf mein Zimmer nehmen, und schloß daraus, daß er allein im Dunkeln schlafen wollte. Es war wirklich höchste Zeit für ihn, sich auszuruhen, denn seine Erläuterungen am Nachmittag und am Abend waren so umfangreich gewesen, daß sie auch einen gesunden Mann erschöpft hätten. Immer noch benommen, wünschte ich meinem Gastgeber gute Nacht und ging mit der Lampe die Treppe hinauf, obwohl ich eine ausgezeichnete Taschenlampe bei mir hatte. Ich war froh, diesem Arbeitszimmer mit dem seltsamen Geruch und den feinen Vibrationen entronnen zu sein, konnte mich aber trotzdem nicht eines grauenhaften Gefühls von Angst, Bedrohung und kosmischer Absurdität erwehren, als ich über diesen Ort und die Kräfte, denen ich begegnet war, nachdachte. Die wilde, einsame Gegend, der schwarze, geheimnisvoll bewaldete Berg, der so dicht hinter dem Haus aufragte, die Fußspuren auf der Straße, der kranke, unbewegliche Flüsterer im Dunkeln, die diabolischen Zylinder und Maschinen und vor allem die Einladung zu seltsamen chirurgischen Operationen und noch seltsameren Reisen – diese Dinge, alle so neu und so unerwartet, brachen mit vereinter Kraft über mich herein, schwächten meinen Willen und unterhöhlten meine physische Kraft.

Die Enthüllung, daß Noyes der menschliche Zelebrant in jenem monströsen Sabbat-Ritual auf der Phonographenaufnahme gewesen war, hatte mich besonders arg aus der Fassung gebracht, obwohl mir seine Stimme schon vorher auf unbestimmbare, abstoßende Weise bekannt vorgekommen war. Erschrocken war ich auch über meine eigene Einstellung gegenüber meinem Gastgeber, sooft ich mich aufraffte, darüber nachzudenken; denn so sehr ich Akeley instinktiv gemocht hatte, wie ich ihn aus seinen Briefen kannte, so sehr erfüllte er mich jetzt mit entschiedenem Abscheu. Seine Krankheit hätte mein Mitgefühl erregen müssen, aber statt dessen ließ sie mich schaudern. Er war so starr, so träge und so leichenhaft – und dieses unaufhörliche Flüstern war so abstoßend und un-menschlich!

Es war mir aufgefallen, daß sein Flüstern ganz anders klang als bei irgendwelchen anderen Menschen, da es trotz der merkwürdigen Unbeweglichkeit der vom Schnurrbart verdeckten Lippen für einen keuchenden Asthmatiker bemerkenswert kräftig und ausdauernd war. Ich hatte den Sprecher quer durch den ganzen Raum verstehen können, und ein- oder zweimal hatte ich den Eindruck gehabt, daß die schwachen, aber durchdringenden Töne weniger auf Schwäche, als auf eine absichtliche Dämpfung der Lautstärke zurückzuführen waren – zu welchem Zweck, konnte ich mir nicht vorstellen. Von Anfang an hatte ich in diesen Flüstertönen etwas Beunruhigendes gespürt. Als ich jetzt darüber nachdachte, kam ich zu dem Ergebnis, daß dieser Eindruck von dem unbewußten Gefühl herrührte, die Stimme schon einmal gehört zu haben, demselben Gefühl, das mir Noyes' Stimme so verschwommen unheimlich erscheinen ließ. Aber wann oder wo ich das, woran die Stimme mich undeutlich erinnerte, schon einmal angetroffen hatte, konnte ich nicht sagen.

Eines stand fest – ich würde keine zweite Nacht hier verbringen. Mein wissenschaftlicher Eifer hatte sich in Angst und Abscheu aufgelöst, und meine einzige Gefühlsregung war jetzt der Wunsch, diesen Ort makabrer, übernatürlicher Enthüllungen fluchtartig zu verlassen. Ich wußte jetzt genug. Es mußte tatsächlich stimmen, daß seltsame kosmische Bindungen existierten – aber diese Dinge waren sicherlich nicht dafür geschaffen, daß normale Menschen sich darauf einließen.

Gotteslästerliche Einflüsse schienen mich zu umgeben und meine Sinne zu betäuben. Schlafen, so beschloß ich, kam nicht in Frage; deshalb löschte ich nur die Lampe aus und warf mich angezogen aufs Bett. Es war natürlich absurd, aber ich hielt mich für irgendeinen unvorhersehbaren Notfall bereit, indem ich mit meiner rechten Hand den Revolver umklammerte, den ich mitgenommen hatte, und in der linken die Taschenlampe hielt. Kein Ton drang von unten herauf, und ich konnte mir vorstellen, wie mein Gastgeber still wie ein Toter dort unten im Dunklen saß.

Irgendwo hörte ich eine Uhr ticken und war insgeheim dankbar für die Vertrautheit dieses Geräusches. Es erinnerte mich aber an eine andere verwirrende Besonderheit dieser Gegend – das völlige Fehlen von Tierstimmen. Es waren zweifellos keinerlei Haustiere in der Nähe, und jetzt fiel mir auf, daß auch die gewohnten Nachtrufe wilder Tiere nicht zu hören waren. Abgesehen von dem ständigen Murmeln unbekannter, ferner Rinnsale herrschte eine völlig unnormale – interplanetarische – Stille, und ich fragte mich, was für ein von den Sternen herabgewehter Pesthauch sich unmerklich über die ganze Gegend ausgebreitet hatte. Ich wußte aus alten Legenden, daß Hunde und andere Tiere angeblich immer die außerirdischen Wesen gehaßt haben, und grübelte darüber nach, was wohl die Spuren auf der Straße zu bedeuten hatten.

VIII

Fragen Sie mich nicht, wie lange mich der Schlaf gefangenhielt, der mich unverhofft übermannt hatte, oder wieviel von dem, was folgte, ich geträumt habe. Wenn ich Ihnen sage, daß ich plötzlich aufwachte und bestimmte Dinge sah und hörte, werden Sie antworten, ich sei eben doch nicht wach gewesen und hätte alles nur geträumt, bis zu dem Moment, als ich aus dem Haus und zu dem Schuppen hinüberrannte, in dem ich Akeleys alten Ford gesehen hatte; ich hatte mir das altersschwache Vehikel für eine wahnwitzige, ziellose, rasende Fahrt durch die verwunschenen Berge angeeignet, die mich schließlich – nach stundenlanger holpriger Fahrt auf gewundenen Wegen durch waldbedrohte Labyrinthe – in ein Dorf gebracht hatte, das sich als Townshend herausstellte.

Sie werden natürlich auch alles andere in meinem Bericht mit der gleichen Skepsis aufnehmen und erklären, daß alle Bilder, Tonaufnahmen, Zylinder- und Maschinentöne und ähnlichen Beweisstücke Teile eines Schwindels seien, den der vermißte Henry Akeley inszeniert habe und dem ich zum Opfer gefallen sei. Sie werden sogar andeuten, daß er sich mit anderen Exzentrikern verschworen habe, um mir einen albernen, ausgekochten Schabernack zu spielen – daß er die Expreßsendung in Keene ausladen und sich von Noyes die schreckliche Wachs-Walze besprechen ließ. Es ist jedoch seltsam, daß Noyes bis heute nicht identifiziert wurde, daß er in den Dörfern ringsum unbekannt war, obwohl er sich oft in der Gegend aufgehalten haben muß. Ich wollte, ich hätte mir seine Autonummer gemerkt – aber vielleicht ist es letzten Endes besser, daß ich es nicht getan habe. Denn trotz allem, was ich mir immer wieder selbst einzureden versuche, weiß ich, daß furchtbare außerirdische Mächte in den fast unerschlossenen Bergen lauern – und daß diese Mächte Spione und Helfershelfer in der Welt der Menschen haben. Mich möglichst weit von diesen Mächten und ihren Abgesandten fernzuhalten, ist mein einziger Wunsch für die Zukunft.

Als auf meinen atemlosen Bericht hin der Sheriff mit ein paar Leuten zu dem Bauernhaus hinausfuhr, war Akeley spurlos verschwunden. Sein Morgenmantel, sein gelbes Halstuch und seine Fußbandagen lagen auf dem Boden des Arbeitszimmers in der Nähe seines Sessels, und ob er seine Apparaturen mitgenommen hatte, war nicht festzustellen. Die Hunde und die Haustiere waren tatsächlich verschwunden, und man fand einige seltsame Kugeleinschläge, sowohl an der Außenseite des Hauses als auch in manchen Zimmerwänden; aber sonst wurde nichts Ungewöhnliches entdeckt. Keine Zylinder oder Maschinen, keines der Beweisstücke, die ich in meinem Koffer mitgebracht hatte, kein sonderbarer Geruch und keine Schwingungen in der Luft, keine Spuren auf der Straße und keines der rätselhaften Dinge, die ich zuletzt beobachtet hatte.

Ich blieb nach meiner Flucht eine Woche in Brattleboro und befragte alle möglichen Leute, die Akeley gekannt hatten; und die Ergebnisse haben mich davon überzeugt, daß die Sache nicht auf einem Traum oder auf Wahnvorstellungen beruht. Es ist erwiesen, daß Akeley die vielen Hunde, die Munition und die Chemikalien gekauft hat, es ist erwiesen, daß seine Telefonleitung durchschnitten wurde; außerdem bestätigten alle, die ihn kannten, darunter auch sein Sohn in Kalifornien, daß seine gelegentlichen Bemerkungen über okkulte Studien eine gewisse Beständigkeit aufgewiesen hatten. Die ehrsamen Bürger glauben, er sei verrückt gewesen und erklären ohne Zögern, alle bekanntgewordenen Beweise seien mit der Schlauheit eines Irrsinnigen ersonnener Hokuspokus, bei dessen Ausführung irgendwelche Exzentriker Akeley noch geholfen hätten; aber das ungebildete Landvolk bestätigt Akeleys Behauptungen in jedem Punkt. Er hatte einigen dieser Bauern die Photos und den schwarzen Stein gezeigt und ihnen die schreckliche Aufnahme vorgespielt; und sie alle sagten, die Fußspuren und die summenden Stimmen seien genauso, wie sie in den überlieferten Legenden beschrieben wurden.

Sie sagten auch, daß immer mehr verdächtige Dinge in der Nähe von Akeleys Haus gesehen und gehört worden waren, nachdem er den schwarzen Stein gefunden hatte, und daß der Ort jetzt von allen außer dem Postboten und gelegentlich ein paar beherzten Besuchern gemieden wurde. Der Dunkle Berg und der Runde Berg standen beide in dem Ruf, verhext zu sein, und ich fand keinen Menschen, der jemals einen davon genau erforscht hätte. Daß immer wieder in der Geschichte des Distrikts Einheimische verschwunden waren, wurde glaubhaft bezeugt, und der jüngste Fall war jener Herumtreiber Walter Brown, den Akeley in seinen Briefen erwähnt hatte. Ich machte sogar einen Bauern ausfindig, der glaubte, selbst einen dieser seltsamen Körper während der Überschwemmung in dem über die Ufer getretenen West River gesehen zu haben, aber seine Erzählung war zu verworren, um wirklich von Nutzen zu sein.

Als ich Brattleboro verließ, beschloß ich, nie mehr nach Vermont zurückzukehren, und ich bin ziemlich sicher, daß ich diesem Vorsatz treu bleiben werde. Diese wilden Berge sind sicherlich Vorposten einer schrecklichen kosmischen Rasse – was ich um so weniger bezweifle, seit ich gelesen habe, daß ein neunter Planet hinter Neptun entdeckt worden ist – wie es diese Wesen vorausgesagt hatten. Die Astronomen haben ihm – ohne sich dessen bewußt zu sein – einen fürchterlich zutreffenden Namen gegeben: »Pluto«. Für mich steht außer Zweifel, daß es kein anderer als der dunkle Yuggoth ist, der hier entdeckt wurde – und mich schaudert, wenn ich mir auszumalen versuche, *warum* seine monströsen Bewohner so daran interessiert sind, daß er auf diese Weise und gerade zu dieser Zeit bekannt wird. Vergebens versuche ich mir einzureden, daß diese dämonischen Kreaturen sich nicht auf eine neue, für die Erde und ihre normalen Bewohner schädliche Politik umstellen wollen.

Aber ich muß noch vom Ende dieser schrecklichen Nacht in dem Bauernhaus erzählen. Wie ich schon sagte, fiel ich schließlich in einen unruhigen Halbschlaf, einen Halbschlaf, der von Traumfetzen erfüllt war, in denen monströse Landschaften auftauchten. Wovon ich eigentlich aufwachte, kann ich nicht sagen, aber daß ich tatsächlich zu diesem bestimmten Zeitpunkt aufwachte, dessen bin ich ganz sicher. Meine erster, undeutlicher Eindruck war, daß die Dielen auf dem Korridor vor meinem Zimmer leise knarrten und jemand sich umständlich und vorsichtig am Türschloß zu schaffen machte. Das hörte jedoch sofort wieder auf; meine klaren Eindrücke begannen deshalb, als ich Stimmen aus dem Arbeitszimmer unter mir hörte. Es schien, als seien mehrere Sprecher dort unten versammelt und als stritten sie miteinander.

Nachdem ich ein paar Sekunden zugehört hatte, war ich hellwach, denn die Art der Stimmen ließ jeden Gedanken an Schlaf absurd erscheinen. Sie waren sonderbar unterschiedlich, und niemand, der jemals die verwünschte Aufnahme gehört hatte, konnte sich über die Herkunft von zumindest zweien dieser Stimmen im unklaren sein. So fürchterlich der Gedanke auch war, ich wußte, daß ich mit namenlosen Wesen aus kosmischen Tiefen unter einem Dach war; denn diese zwei Stimmen waren unverkennbar das blasphemische Summen, dessen sich die außerirdischen Wesen bedienen, um sich mit den Menschen zu verständigen. Die beiden Stimmen unterschieden sich in der Tonlage, dem Akzent und dem Sprechtempo, gehörten aber beide zu der Art von Stimme, die mir so verhaßt war.

Eine dritte Stimme kam zweifellos aus der Sprechmaschine, die an eins der herausgelösten Gehirne in den Zylindern angeschlossen sein mußte. Daran war genauso wenig zu zweifeln wie an den summenden Stimmen; denn die laute, metallische leblose Stimme vom Abend mit ihrem monotonen, ausdruckslosen Kratzen und Rasseln und ihrer unpersönlichen Präzision und Unbeirrbarkeit, war mir absolut unvergeßlich. Zunächst hielt ich mich damit auf herauszufinden, ob das Gehirn, das dieses Kratzen hervorbrachte, dasselbe war wie das, welches am Abend mit mir gesprochen hatte; aber gleich darauf überlegte ich mir, daß *jedes Gehirn* dieselbe Art von Lauten von sich geben müsse, wenn es an denselben Sprechapparat angeschlossen war; die möglichen Unterschiede konnten nur die Wortwahl, den Rhythmus, die

Sprechgeschwindigkeit und die Aussprache betreffen. Um das geisterhafte Gespräch zu vervollständigen, waren da noch zwei echte menschliche Stimmen – die eine gehörte einem unbekannten Mann, der ziemlich ungeschliffen sprach und offensichtlich vom Lande stammte, und die andere hatte den kultivierten Boston-Akzent meines Begleiters Noyes.

Als ich versuchte, die Worte zu verstehen, die durch den solide gebauten Fußboden ziemlich stark gedämpft wurden, hörte ich auch eine Menge kratzender, scharrender und schlurfender Geräusche aus dem Arbeitszimmer; ich konnte mich deshalb des Eindrucks nicht erwehren, daß der Raum voll von Lebewesen war – es mußten viel mehr sein, als die wenigen, deren Stimmen ich unterscheiden konnte. Die Art dieser scharrenden Geräusche genau zu beschreiben ist sehr schwierig, weil es kaum Vergleichsmöglichkeiten gibt. Manchmal schienen sich die Wesen sehr bewußt durch den Raum zu bewegen; das Geräusch ihrer Tritte glich einem lockeren, harten Klappern – wie von aneinanderschlagenden, unregelmäßigen Horn- oder Hartgummiflächen. Es war, um einen konkreteren, aber ungenaueren Vergleich zu wählen, als ob Menschen mit offenen, zersplitternden Holzschuhen über den polierten Parkettboden watschelten und schlurften. Von der Natur und dem Aussehen der Wesen, die diese Geräusche verursachten, wagte ich mir keine Vorstellung zu machen.

Ich sah bald ein, daß es unmöglich sein würde, zusammenhängende Sätze zu verstehen. Einzelne Wörter – darunter Akeleys und mein eigener Name – drangen hin und wieder herauf, besonders dann, wenn sie von dem mechanischen Sprechapparat geäußert wurden;

aber ihre Bedeutung ging mir verloren, weil der Zusammenhang fehlte. Heute weigere ich mich, irgendwelche bestimmten Schlüsse daraus zu ziehen, und sogar damals war der schreckliche Eindruck, den sie in mir hervorriefen, eher eine *Ahnung* als eine *Offenbarung*. Ein furchtbares, unnatürliches Konklave fand, dessen war ich sicher, in dem Zimmer unter mir statt; aber über welche grauenvollen Dinge beraten wurde, konnte ich nicht ausmachen. Es war seltsam, aber ich hatte das deutliche Gefühl, bösartigen und blasphemischen Erscheinungen gegenüberzustehen, trotz Akeleys Beteuerung der freundlichen Absichten der außerirdischen Wesen.

Nach angestrengtem Lauschen konnte ich allmählich die einzelnen Stimmen klar unterscheiden, obgleich ich nicht viel von dem verstand, was diese Stimmen sagten. Ich bildete mir aber ein, bestimmte Tendenzen bei den einzelnen Sprechern zu erkennen. So hatte zum Beispiel eine der summenden Stimmen einen unverkennbaren Beiklang von Autorität, während die mechanische Stimme, trotz ihrer künstlichen Lautstärke und Regelmäßigkeit, eher unterwürfig und flehentlich klang. Noyes' Stimme verbreitete eine gewisse versöhnliche Atmosphäre. Die anderen konnte ich nicht näher bestimmen. Akeleys vertrautes Geflüster konnte ich nicht hören, aber es war mir völlig klar, daß ein solches Geräusch auf keinen Fall durch die solide Decke zu mir dringen konnte.

Ich will versuchen, einige der zusammenhanglosen Wörter und anderen Geräusche, die ich auffing, hier wiederzugeben, wobei ich die Herkunft der Worte nach bestem Wissen kennzeichne. Die ersten verständlichen Satzteile kamen von der Sprechmaschine.

(Die Sprechmaschine)

»... ich selbst hergebracht ... schickte die Briefe und die Aufnahme zurück ... damit enden ... hereingelegt ... sehen und hören ... seid verflucht ... unpersönliche Macht, letzten Endes ... neuer, glänzender Zylinder ... großer Gott ...«

(Die erste summende Stimme)

»... Zeit, daß wir Schluß machen ... klein und menschlich ... Akeley ... Gehirn ... sagen ...«

(Die zweite summende Stimme)

»... Nyarlathotep ... Wilmarth ... Aufnahme und Briefe ... billiger Schwindel ...«

(Noyes)

»... (ein unaussprechliches Wort oder ein Name, möglicherweise N'gah-Kthun) ... harmlos ... Frieden ... vierzehn Tage ... theatralisch ... Ihnen schon vorher gesagt ...«

(Erste summende Stimme)

»... kein Grund ... ursprüngliche Plan ... Auswirkungen ... Noyes kann aufpassen ... der Runde Berg ... neuen Zylinder ... Noyes' Wagen ...«

(Noyes)

»... gut ... alles Ihnen ... hier unten ... Ruhe ... Ort ...«

(Mehrere Stimmen zugleich in unverständlicher Sprache)

(Getrappel von zahlreichen Füßen, darunter auch die seltsamen scharrenden, klappernden Geräusche)

(Ein merkwürdiges, flatterndes Geräusch)

(Das Geräusch eines startenden und sich entfernenden Autos)

(Stille)

Das ist es, was ich hörte und verstand, als ich unbeweglich auf dem Bett im ersten Stock des verwunschenen Bauernhauses inmitten der dämonischen Berge lag – vollständig angezogen auf dem Bett lag, mit einem Revolver in meiner verkrampften rechten Hand und einer Taschenlampe fest in der linken. Ich war wie gesagt hellwach geworden, aber eine unerklärliche Lähmung ließ mich unbeweglich verharren, noch lange nachdem die letzten Geräusche verklungen waren. Ich hörte das hölzerne, regelmäßige Ticken der antiken Connecticut-Uhr irgendwo weit unten und vernahm schließlich das unregelmäßige Schnarchen eines Schlafenden. Akeley mußte nach der seltsamen Versammlung eingenickt sein, und ich konnte mir gut vorstellen, daß er es nötig hatte.

Ich war völlig unschlüssig, was ich denken oder tun sollte. Hatte ich denn etwas anderes gehört, als ich nach den früheren Informationen erwarten konnte? Hatte ich nicht gewußt, daß die namenlosen Außerirdischen jetzt freien Zugang zu dem Haus hatten? Kein Zweifel, Akeley hatte einen unangemeldeten Besuch von ihnen bekommen. Und doch hatte irgend etwas in dieser bruchstückhaften Unterhaltung mich unendlich erschreckt, die absurdesten und fürchterlichsten Zweifel in mir geweckt und mir den verzweifelten Wunsch eingegeben, ich sollte aufwachen und alles als einen Traum erkennen. Ich glaube, mein Unterbewußtsein hatte schon etwas wahrgenommen, was mir noch nicht voll zum Bewußtsein gekommen war. Aber was war mit Akeley? War er nicht mein Freund, und hätte er nicht protestiert, wenn mir irgendein Leid geschehen sollte? Das friedliche Schnarchen schien all meinen so plötzlich verstärkten Befürchtungen Hohn zu sprechen.

War es möglich, daß Akeley getäuscht und als Köder mißbraucht worden war, um mich mit seinen Briefen, seinen Bildern und seiner Aufnahme in die Berge zu locken? Hatten diese Wesen die Absicht, uns beide gemeinsam in den Abgrund der Vernichtung zu stürzen, weil wir zuviel wußten? Wieder dachte ich daran, wie abrupt und unnatürlich der Umschwung gewesen war, der sich zwischen Akeleys vorletzten und letzten Brief vollzogen haben mußte. Irgend etwas, das spürte ich instinktiv, war auf grauenhafte Weise schiefgegangen. Alles war anders, als es schien. Der scharf schmeckende Kaffee, den ich nicht getrunken hatte – konnte nicht irgendein verstecktes unbekanntes Wesen versucht haben, ihn zu vergiften? Ich mußte sofort mit Akeley sprechen und ihm das Gefühl für das rechte Maß wiedergeben. Sie hatten ihn mit dem Versprechen kosmischer Offenbarungen hypnotisiert, aber jetzt mußte er der Stimme der Vernunft gehorchen. Wir mußten hier rauskommen, bevor es zu spät war. Wenn er nicht genug Willenskraft besaß, den Ausbruch in die Freiheit zu vollziehen, so würde ich ihm meinen Willen aufzwingen. Oder wenn ich ihn wirklich nicht dazu bringen konnte, zu gehen, würde ich zumindest allein gehen. Sicher würde er mir seinen Ford leihen, wenn ich ihm versprach, ihn in einer Garage in Brattleboro abzuliefern. Ich hatte ihn in dem Schuppen stehen sehen – die Schuppentür stand offen, da die Gefahr jetzt vorüber war – und ich hielt es für sehr wahrscheinlich, daß er sofort fahrbereit sein würde. Die momentane Abneigung gegen Akeley, die ich während der abendlichen Unterhaltung gespürt hatte, war jetzt ganz verschwunden. Er war fast in der gleichen Lage wie ich, und wir mußten zusammenhalten. Da ich wußte, wie schlecht es ihm ging, tat es mir leid, ihn um diese Zeit wecken zu müssen, aber ich mußte es tun. So wie die Dinge lagen, konnte ich nicht bis zum Morgen in diesem Haus bleiben.

Endlich fühlte ich mich in der Lage, etwas zu unternehmen, und streckte mich kräftig, um die Kontrolle über meine Muskeln zurückzuerlangen. Ich stand mit eher impulsiver als überlegter Vorsicht auf, fand meinen Hut und setzte ihn auf, packte meinen Koffer und machte mich im Licht der Taschenlampe auf den Weg nach unten. In meiner Nervosität behielt ich den Revolver fest in der rechten Hand, während ich in der linken sowohl den Koffer als auch die Taschenlampe trug. Warum ich diese Vorsichtsmaßnahmen beibehielt, weiß ich nicht, denn ich wollte ja nur den einzigen anderen Bewohner des Hauses aufwecken.

Während ich halb auf den Zehenspitzen die knarrenden Treppenstufen hinabstieg, konnte ich das Schnarchen deutlicher hören und bemerkte, daß der Schlafende in dem Zimmer auf der linken Seite liegen mußte – dem Wohnzimmer, das ich nicht betreten hatte. Zu meiner Rechten gähnte finster das Arbeitszimmer, aus dem ich die Stimmen gehört hatte. Ich stieß die angelehnte Tür des Wohnzimmers auf und leuchtete mit der Taschenlampe in die Richtung, aus der das Schnarchen kam, bis der Lichtkegel das Gesicht des Schlafenden erfaßt hatte. Aber im nächsten Augenblick drehte ich die Lampe weg und zog mich so lautlos wie möglich in den Vorraum zurück, wobei meine Vorsicht diesmal instinktiv und begründet zugleich war. Denn der schlafende Mann auf der Couch war keineswegs Akeley, sondern mein früherer Begleiter Noyes.

Was das alles zu bedeuten hatte, war mir unerklärlich; aber der gesunde Menschenverstand sagte mir, daß es am sichersten sein würde, mir einen möglichst genauen Überblick zu verschaffen, bevor ich jemanden aufweckte. Als ich wieder draußen im Vorraum war, schloß ich die Wohnzimmertür hinter mir, wodurch sich die Gefahr verringerte, daß ich Noyes doch noch aufweckte. Ich betrat jetzt vorsichtig das dunkle Arbeitszimmer, wo ich Akeley schlafend oder wachend in seinem großen Sessel zu finden hoffte, der offensichtlich sein Lieblingsplatz war. Während ich ein paar Schritte machte, erfaßte der Strahl meiner Taschenlampe den großen Mitteltisch, auf dem einer der diabolischen Zylinder stand; er war an die Seh- und an die Hörmaschine angeschlossen, während die Sprechmaschine anschlußfertig dicht daneben stand. Dies, so überlegte ich, mußte das konservierte Gehirn sein, das ich während der schrecklichen Konferenz hatte sprechen hören; und eine Sekunde lang spürte ich das perverse Verlangen, die Sprechmaschine anzuschließen und zu sehen, was sie von sich geben würde.

Das Gehirn mußte, so überlegte ich, sogar jetzt meine Anwesenheit wahrnehmen; denn der Seh- und Hörapparat mußten ja auf alle Fälle das Licht meiner Taschenlampe und das leichte Knarren der Dielen unter meinen Füßen registrieren. Aber schließlich wagte ich doch nicht, an dem Ding herumzuhantieren. Nebenbei fiel mir auf, daß es der neue, glänzende Zylinder war, den ich am Abend zuvor auf dem Bord hatte stehen sehen und den anzufassen mein Gastgeber mir verboten hatte. Wenn ich heute an diesen Augenblick zurückdenke, kann ich meine Furchtsamkeit nur bedauern und wünschen, ich hätte damals den Mut gehabt, den Apparat zum Sprechen zu bringen. Gott allein weiß, welche Geheimnisse und fürchterlichen Zweifel und Fragen der Identität er aufgeklärt hätte. Aber nun, vielleicht war es eine Gnade, daß ich ihn in Ruhe ließ.

Von dem Tisch richtete ich meine Lampe in die Ecke, in der ich Akeley vermutete, bemerkte aber zu meinem Erstaunen, daß der große Sessel leer war – weder ein schlafender noch ein wachender Mensch saß darin. Auf dem Sitz lag unordentlich hingeworfen der bewußte Morgenmantel und daneben auf dem Boden das gelbe Halstuch und die riesigen Fußwickel, die mir so sonderbar vorgekommen waren. Während ich zögerte und zu erraten suchte, wo Akeley sein konnte und warum er so plötzlich seine Krankenzimmer-Kleidung abgeworfen hatte, bemerkte ich, daß der seltsame Geruch und die Schwingungen nicht mehr das Zimmer erfüllten. Was war ihre Ursache gewesen? Es fiel mir ein, daß ich sie nur in Akeleys Nähe gespürt hatte. Sie waren dort, wo er gesessen hatte, am stärksten gewesen, während ich sie sonst nirgends festgestellt hatte außer in dem Arbeitszimmer und unmittelbar vor der Tür. Ich hielt inne, ließ den Lichtstrahl der Taschenlampe durch das dunkle Arbeitszimmer wandern und zermarterte mein Gehirn nach einer Erklärung für diese neuerliche Wende.

Wünschte Gott, ich hätte das Zimmer leise verlassen, bevor der Lichtschein auf den leeren Stuhl fiel. So aber verließ ich das Zimmer nicht ruhig, sondern mit einem unterdrückten Aufschrei, der den schlafenden Wächter auf der anderen Seite des Vorraums gestört haben muß, ihn aber nicht gänzlich aufweckte. Dieser Schrei und Noyes' immer noch unbeirrtes Schnarchen waren die letzten Geräusche, die ich in diesem makabren Bauernhaus unter dem dunkel bewaldeten Gipfel des verzauberten Berges wahrnahm – diesem Brennpunkt transkosmischer Schrecken inmitten der einsamen grünen Berge und der beschwörend murmelnden Bäche eines geisterhaften Landstrichs.

Es ist ein Wunder, daß ich in meiner Panik nicht Taschenlampe, Koffer und Revolver fallen ließ, aber irgendwie blieb mir ein solcher Verlust erspart. Es gelang mir tatsächlich, geräuschlos aus dem Zimmer und dem Haus hinauszukommen, mich selbst und meine Sachen unversehrt in den alten Ford zu verfrachten und das uralte Vehikel in Richtung auf irgendeinen unbekannten, sicheren Ort in der schwarzen, mondlosen Nacht in Bewegung zu setzen. Die folgende Fahrt war ein Wahnbild aus den Dichtungen von Poe oder Rimbaud oder den Zeichnungen von Doré, aber schließlich erreichte ich Townshend. Das ist alles. Wenn ich noch bei Verstand bin, so habe ich Glück gehabt. Manchmal fürchte ich mich davor, was die nächsten Jahre bringen werden, besonders da der neue Planet Pluto zu einem so merkwürdigen Zeitpunkt entdeckt wurde.

Wie ich bereits angedeutet habe, lenkte ich den Strahl meiner Taschenlampe, nachdem ich das ganze Zimmer abgeleuchtet hatte, wieder auf den leeren Sessel. Da erst bemerkte ich, daß auf dem Sitz einige Gegenstände lagen, die von den losen Falten des danebenliegenden Morgenrocks fast verdeckt wurden. Das waren die Gegenstände, drei an der Zahl, die die Leute von der Polizei nicht mehr vorfanden, als sie etliche Stunden später eintrafen. Wie ich am Anfang meiner Erzählung gesagt habe, war an diesen Gegenständen nichts unmittelbar Schreckliches festzustellen. Das Schlimme waren die Schlußfolgerungen, die man daraus ziehen mußte. Selbst heute kommen mir ab und zu Zweifel – dann bin ich fast geneigt, die Skepsis derer zu teilen, die mein ganzes Erlebnis auf einen Traum, auf überreizte Nerven und Wahnvorstellungen zurückführen.

Die drei Gegenstände waren in ihrer Art äußerst geschickt konstruiert und hatten sinnreiche Klammern aus Metall, mit denen sie an Körperteilen befestigt werden konnten, über deren Bau ich lieber keine Vermutungen anstellen möchte. Ich hoffe – hoffe inständig –, daß diese Gegenstände die wächsernen Produkte eines großen Künstlers waren, obwohl meine tiefsten Befürchtungen mir etwas anderes einreden wollen. Großer Gott! Dieser Flüsterer im Dunkeln, mit seinem widerlichen Geruch und den Schwingungen! Zauberer, Abgesandter, Wechselbalg, Außenseiter ... dieses fürchterliche, unterdrückte Summen ... und während der ganzen Zeit in diesem neuen, glänzenden Zylinder auf dem Bord ... armer Teufel ... »Erstaunliche chirurgische, biologische, chemische und mechanische Fertigkeiten ...« Denn die Gegenstände in dem Sessel waren, perfekt bis zum letzten, feinsten Detail mikroskopischer Ähnlichkeit – oder Identität – das Gesicht und die Hände von Henry Wentworth Akeley.

H. P. Lovecraft
in den suhrkamp taschenbüchern

Azathoth. Vermischte Schriften. Ausgewählt von Kalju Kirde. Aus dem Amerikanischen von Franz Rottensteiner. PhB 230. st 1627

Berge des Wahnsinns. Eine Horrorgeschichte. Deutsch von Rudolf Hermstein. PhB 258. st 1780

Cthulhu. Geistergeschichten. Deutsch von H. C. Artmann. Vorwort von Giorgio Manganelli. PhB 19. st 29

Das Ding auf der Schwelle. Unheimliche Geschichten. Mit einem Nachwort von Kalju Kirde. Deutsch von Rudolf Hermstein. PhB 2. st 357

Der Fall Charles Dexter Ward. Eine Horrorgeschichte. Deutsch von Rudolf Hermstein. PhB 260. st 1782

Flüsterer im Dunkeln. Eine Horrorgeschichte. Deutsch von Rudolf Hermstein. PhB 259. st 1781

Das Grauen im Museum und andere Erzählungen. Ausgewählt von Kalju Kirde. Aus dem Amerikanischen von Rudolf Hermstein. PhB 136. st 1067

Die Katzen von Ulthar und andere Erzählungen. Herausgegeben von Kalju Kirde. Deutsch von Michael Walter. PhB 43. st 625

Lovecraft-Lesebuch. Herausgegeben von Franz Rottensteiner. Mit einem Essay von Barton Levi St. Armand. PhB 184. st 1306

Schatten über Innsmouth. Eine Horrorgeschichte. Deutsch von Rudolf Hermstein. PhB 261. st 1783

Die dunkle Brüderschaft. Unheimliche Geschichten. Aus dem Amerikanischen von Franz Rottensteiner. PhB 173. st 1256

Zu H. P. Lovecraft

Über H. P. Lovecraft. Herausgegeben von Franz Rottensteiner. PhB 130. st 1027

75/1/5.90

252/1/3.89

Carroll: Das Tal der Träume. PhB 197. st 1442
– Die panische Hand. PhB 233. st 1635
Chesterton: Der Held von Notting Hill. PhB 156. st 1174
Couperus: Das schwebende Schachbrett. PhB 201. st 1466
Dick: LSD-Astronauten. PhB 60. st 732
– Mozart für Marsianer. PhB 70. st 773
– UBIK. PhB 15. st 440
Die dunkle Seite der Wirklichkeit. PhB 199. st 1444
Lord Dunsany: Das Fenster zur anderen Welt. PhB 161. st 1189
Der Eingang ins Paradies. PhB 219. st 1566
Die Ermordung des Drachen. PhB 203. st 1481
Franke: Der Atem der Sonne. PhB 174. st 1265
– Einsteins Erben. PhB 41. st 603
– Endzeit. PhB 150. st 1153
– Der grüne Komet. PhB 231. st 1628
– Hiobs Stern. PhB 223. st 1588
– Die Kälte des Weltraums. PhB 121. st 990
– Keine Spur von Leben. PhB 62. st 741
– Der Orchideenkäfig. PhB 234. st 1643
– Paradies 3000. PhB 48. st 664
– Schule für Übermenschen. PhB 58. st 730
– Sirius Transit. PhB 30. st 535
– Die Stahlwüste. PhB 215. st 1545
– Tod eines Unsterblichen. PhB 69. st 772
– Transpluto. PhB 82. st 841
– Ypsilon minus. PhB 3. st 358
– Zarathustra kehrt zurück. PhB 9. st 410
– Zone Null. PhB 35. st 585
Franke/Weisser: DEA ALBA. PhB 207. st 1509
Frey: Solneman der Unsichtbare. PhB 241. st 1667
Gardner: Grendel. PhB 227. st 1611
Grabiński: Dunst und andere unheimliche Geschichten. PhB 228. st 1612
Grin: Der Rattenfänger. PhB 168. st 1239
Gruber: Die gläserne Kugel. PhB 123. st 997
– Zwischenstation. PhB 216. st 1555
Hasselblatt: Marija und das Tier. PhB 209. st 1511
Hodgson: Geisterpiraten. PhB 188. st 1352
Hoffmann, E.T.A.: Der Magnetiseur. PhB 190. st 1366
Horstmann: Das Glück von Omb'assa. PhB 141. st 1088
Der Insektenmann. PhB 240. st 1666
Ist Gott ein Taoist? Und andere Rätsel. PhB 162. st 1214
Jarzębski: Zufall und Ordnung. PhB 180. st 1290
Jenseits der Träume. PhB 224. st 1595
Kellermann: Der Tunnel. PhB 179. st 1283
Kornbluth: Der Altar um Mitternacht. PhB 189. st 1359
– Der Gedankenwurm. PhB 195. st 1434
Lao She: Die Stadt der Katzen. PhB 151. st 1154
Lem: Also sprach GOLEM. PhB 175. st 1266

252/2/3.89

Lem: Altruizin und andere kybernetische Beglückungen. PhB 163. st 1215
– Die Astronauten. PhB 16. st 441
– Frieden auf Erden. PhB 220. st 1574
– Der futurologische Kongreß. PhB 29. st 534
– Imaginäre Größe. PhB 47. st 658
– Die Jagd. PhB 18. st 302
– Das Katastrophenprinzip. PhB 125. st 999
– Lokaltermin. PhB 200. st 1455
– Mehr phantastische Erzählungen. PhB 232. st 1636
– Memoiren, gefunden in der Badewanne. PhB 25. st 508
– Memoiren, gefunden in der Badewanne. Der Schnupfen. PhB 226. st 1604
– Eine Minute der Menschheit. PhB 110. st 955
– Mondnacht. PhB 57. st 729
– Nacht und Schimmel. PhB 1. st 356
– Phantastik und Futurologie I. PhB 122. st 996
– Phantastik und Futurologie II. PhB 126. st 1013
– Die phantastischen Erzählungen. PhB 210. st 1525
– Die Ratte im Labyrinth. PhB 73. st 806
– Robotermärchen. PhB 85. st 856
– Der Schnupfen. PhB 33. st 570
– Sterntagebücher. PhB 20. st 459
– Die Stimme des Herrn. PhB 97. st 907
– Terminus und andere Geschichten des Piloten Pirx. PhB 61. st 740
– Die Untersuchung. PhB 14. st 435
– Waffensysteme des 21. Jahrhunderts. PhB 124. st 998
– Wie die Welt noch einmal davonkam. PhB 158. st 1181
Über Stanisław Lem. PhB 36. st 586
Levett: Verirrt in den Zeiten. PhB 178. st 1282
London: Phantastische Erzählungen. PhB 243. st 1675
Lovecraft: Azathoth. PhB 230. st 1627
– Cthulhu. PhB 19. st 29
– Das Ding auf der Schwelle. PhB 2. st 357
– Der Fall Charles Dexter Ward. PhB 8. st 391
– Das Grauen im Museum. PhB 136. st 1067
– In der Gruft. PhB 71. st 779
– Die Katzen von Ulthar. PhB 43. st 625
– Lovecraft-Lesebuch. PhB 184. st 1306
– Stadt ohne Namen. PhB 52. st 694
Lovecraft/Derleth: Die dunkle Brüderschaft. PhB 173. st 1256
Über H.P. Lovecraft. PhB 130. st 1027
Marginter: Königrufen. PhB 215. st 1546
Maupassant: Die Totenhand. PhB 134. st 1040
Das namenlose Grabmal. PhB 169. st 1240
Phantastische Aussichten. PhB 160. st 1188
Phantastische Träume. PhB 100. st 954
Phantastische Welten. PhB 137. st 1068
Phantastische Zeiten. PhB 185. st 1307

252/3/3.89

Poe: Der Fall des Hauses Ascher. PhB 27. st 517
Polaris 9. PhB 155. st 1168
Polaris 10. PhB 171. st 1248
Ray: Malpertuis. PhB 165. st 1223
– Das Storchenhaus. PhB 182. st 1299
Renard: Die blaue Gefahr. PhB 225. st 1596
Der rote Mond. PhB 213. st 1536
Schattschneider: Singularitäten. PhB 129. st 1021
Scheerbart: Das große Licht. PhB 194. st 1400
– Die große Revolution. PhB 159. st 1182
– Der Kaiser von Utopia. PhB 218. st 1565
– Kometentanz. PhB 236. st 1652
– Lesabéndio. PhB 183. st 1300
Seltsame Labyrinthe. PhB 198. st 1443
Sonimski: Zweimal Weltuntergang. PhB 166. st 1229
Smith: Das Haupt der Medusa. PhB 221. st 1575
Steinmüller/Steinmüller: Pulaster. PhB 204. st 1490
– Der Traum vom Großen Roten Fleck. PhB 147. st 1131
Strugatzki/Strugatzki: Der ferne Regenbogen. PhB 111. st 956
– Fluchtversuch. PhB 89. st 872
– Die gierigen Dinge des Jahrhunderts. PhB 79. st 827
– Die häßlichen Schwäne. PhB 177. st 1275
– Der Junge aus der Hölle. PhB 238. st 1658
– Ein Käfer im Ameisenhaufen. PhB 152. st 1160
– Eine Milliarde Jahre vor dem Weltuntergang. PhB 186. st 1338
– Montag beginnt am Samstag. PhB 72. st 780
– Picknick am Wegesrand. PhB 49. st 670
– Die Schnecke am Hang. PhB 13. st 434
– Die Wellen ersticken den Wind. PhB 206. st 1598
– Die zweite Invasion der Marsianer. PhB 139. st 1081
Träume und Phantasien. st 954/st 1068/st 1188/st 1307 in Kassette
Viktorianische Gespenstergeschichten. PhB 187. st 1345
Wakefield: Der Triumph des Todes. PhB 181. st 1291
Weiss J.: Das Haus mit den tausend Stockwerken. PhB 235. st 1644
Weisser: DIGIT. PhB 90. st 873
– SYN-CODE-7. PhB 67. st 764
Whitehead: Der Zombie. PhB 172. st 1255
Wolfe: Limbo. PhB 239. st 1659
Wolfkind: Die Boten des Frühlings. PhB 167. st 1230
Wyndham: Die Kobaltblume. PhB 202. st 1474
– Wenn der Krake erwacht. PhB 212. st 1535
– Wiedergeburt. PhB 192. st 1386
Zondergeld: Lexikon der phantastischen Literatur. PhB 91. st 880

252/4/3.89